Leader Culture

Lead the Way! Be Your Own Leader!

Leader Culture

Lead the Way! Be Your Own Leader!

妳好，你好嗎？

慢慢揭開神秘面紗
通過追憶與緬懷一窺
「她」與人們的交流往來
透過「她」的成長與蛻變
尋覓到自己的縮影
妳好，你好嗎？

笠 陽 / 著

CONTENTS

「你聽過沒說出口的愛嗎？」

　　生活中的自以為是，往往會使我們誤解了那些如鯁在喉的關心或言語。如果可以，請試著用第三人稱的思考模式來看待世界，循著小細節找到個人色彩，你／妳的生活將會充滿更多的想像元素。生活中，每一刻都得來不易，希望你／妳能慢下腳步來細細品嘗。

　　本書以「身分」來分類，顯得既規律又限制，而我喚醒了各式各樣的「愛」，藉以破除它的束縛和對立。你／妳可以先找到自己最感興趣的身分，不一定要從頭讀到尾，畢竟，閱讀本身就是一種放縱的享受。

　　本書八成以上來自於真人實事，剩下的兩成則請大家自行揣度、想像，可以的話，邀請你／妳對號入座，非常歡迎你／妳來做主人公。無論你／妳是誰，都謝謝你／妳翻開本書、閱讀本書。

　　最後，不要輕易對這本書挑剔，今日，我們不適合考試評分，只是要緩緩地品味故事，然後悄悄地做個聽故事、說故事、演故事的人吧！何來那麼多嘈雜的輿論？

　　　　文字，能癒人也能自癒，能重生也能死去。
　　　　竊取你／妳閱讀的心情，也算是一種「愛」的鏈結。

　　　　　　　　　　　　　　　　　莫名其妙就出書的作者笠陽

這是一場前所未有的冒險。

當你／妳遇見「我」，一趟神秘的文學之旅便就此成立。

「我」橫越文體，所以你／妳可以把「我」當成長篇小說，因為故事內容各有串連、蘊含文氣皆可通達。

「我」玩弄結構，所以你／妳可以把「我」視為散文集，因為故事的說書人不停抽換而未有重複。

而你／妳以為的「她」，從未現身說法，卻是遍布各處。

說不定，人們尋覓的「她」，正是凝視著「我」的你／妳。

願每一個你／妳都能活在愛裡，珍惜每一份得來不易的愛，用最真誠的心被愛與愛人。

願每一個你／妳都能仔細咀嚼「我」帶給你們的文學氣息，並讓「我」能靜靜躺在你們的手心，慢慢撫平你們受過傷的心。

願每一個你／妳都能在「我」的陪伴下覓得「她」的蹤跡，懂「她」也懂自己，能自癒也能癒人。

最後，請珍惜和「我」共處的美好光陰，打造一個屬於你／妳的新天地，即便「我」只是你／妳眼中最美的作品。

等不到妳，這次我先飛了。

給我訊息好嗎？我想再見到妳。

　　北京時間上午十點三十五分，我在機場等妳，喝著妳喜歡的 double Latte 搭配起士火腿可頌。這次等不到妳，我先飛了。記得妳說過「還要再吃茯苓夾餅！」，因為其外觀白如雪、薄如紙片，裹著黃金色的麥芽內餡，就像精品般高貴。妳還淘氣地說著要像慈禧太后一樣細細品嘗這道來自御膳房的上等甜品，吃得時候要有點儀式感。妳那呆萌樣的表情，可愛極了，根本就是一枚戲精。我一口一口吃著餅，一點一點地回味，這時心中蕩起陣陣酸楚──妳不在旁邊，茯苓夾餅再高貴美味也依然使人食之無味。

　　妳去哪裡了？怎麼都沒信息了？

　　我依然飛往尼泊爾工作，一如往常的繁忙行程。妳呢？還會像之前一樣嗎？異國的相遇，機會是千萬分之一，我們的緣分，看來可以拍成電影，因為它是這般令人想念，令人想瘋狂戀上。

　　「老闆，這條手鍊賣多少錢？」

　　妳看起來是背包旅行者，大咧咧的女漢子走進寶石批發市場。聽

到妳那豪氣不拘的聲音，看到妳拾起紅珊瑚手鍊把玩在手心。這可不行！那條手鍊剛巧是我要收藏的精品。

「這位美女，這條手鍊現場不賣唷！如果要買，必須到我的網店下單。」

親愛的，對不起。我當時只能這般無奈地對妳說，那批貨在北京可是上等尖貨，來自義大利深海的沙丁珊瑚，全屬深紅等級，如果我不下手為強，後面還有一堆虎視眈眈的槍手等著秒殺呢！所以只能說抱歉，沒能讓妳如願。

「好吧！謝謝你。」妳竟回以我一抹淺淺的微笑。

看著妳輕輕勾起的嘴角和妳默然離去的背影，那時我有點內疚不捨。只是若妳買了，或許我們就無法再有交集，也就沒有這些美好的曾經了，不是嗎？人的際遇，本就無法刻意人為安排。

因為朋友介紹，透過網路認識了妳。我們有共同的興趣，對攝影、旅行、美食、賞景都有著不約而同的默契。我們討論著美景相片的構圖與色調，就能延伸著描述人生道理與生活體悟。妳能體察到共鳴、療癒的難能可貴，著實讓我對妳產生莫名的關愛與憐惜。我說我曾去過台灣，妳高興得快把螢幕翻掉了，妳既沒包袱又很親切地介紹著台灣的美景與特色小吃，那堆熱情分享的文字像子彈般穿透我的螢幕，叮叮咚咚地彈跳進我的眼簾和腦袋。如此這般，我們相知相惜了

一年多，當時我計劃兩個月後再去趟尼泊爾，妳說，妳向來很嚮往雖貧窮卻美麗的國家，很想要體驗來自大自然最真誠的擁抱。妳問妳能否成為我的旅伴，那當下，我真是受寵若驚，內心澎湃不已。也不知道是因為緊張還是太過害羞，我竟數日夜不成眠，別人是數羊入眠，我則是盼著與妳見面的日子，細細倒數著時間，心中只有期待。

我們相約在北京機場見面，妳是個極具親和力的女孩，未曾謀面過的我們一點兒也不尷尬地像許久不見的老友般說笑。就在那轉瞬之間，我驚鴻一瞥，妳左手掛著的那條鍊子格外眼熟，妳舉起手時，一道紅光自從妳手腕打落至手肘，打得我心頭一顫，打得我目眩神迷。

它是那條紅珊瑚手鍊！

是妳！原來我們早就相遇！

上個月我將手鍊寄給台灣的買家，而那位買家竟然是妳！究竟是怎樣的緣分？妳知道我就是網店老闆嗎？我該和妳透露我們曾有過一面之緣嗎？我們之間，竟是透過網路接連成浪漫邂逅，現在這趟旅行，更啟動了戲劇空間，想像無限。

「去尼泊爾要飛多久呢？」

「我們會轉機，前後大約十個小時。」

「妳要不要先休息一下？」

「不要，你快教我幾句尼泊爾話吧！到時候我就可以入境隨俗了。」

「哈哈，首先在尼泊爾，妳要會說 Namaste。」我用導游般的口吻說著。

「喔！我知道，這是『你好』的意思。」妳還給我一個滿足的神情，雙手合十地向我低下了頭。妳啊！怎麼那麼有趣、那樣機靈……

「來……吃吃我們北京土產『茯苓夾餅』吧！」妳說，這是妳吃過最美的甜餅。對我來說，或許是因為妳的關係，它等同於妳，成為了妳在我心中的代號。這趟飛行過程中，我們愉快地聊著天，舒舒服服又自然而然。我太愛妳的笑容，妳每一抹笑靨都能讓我暫時忘卻工作。而此刻沒有妳相伴的機艙，讓我盪起了思念苦楚……

「妳好嗎？妳到底去哪了？」其實我找不到妳，求助於我們的共同朋友，他們也聯繫不上妳，妳就像人間蒸發一樣。我有妳台灣的聯絡地址，或許我該登門拜訪妳才對。然而，我知道我無法這麼做，因為我們各有各的婚姻和家庭。妳說，旅行是一種心靈探索，尤其是一個人旅行，可以貪戀那短暫的自由。為了生活折腰，為彼此加油打氣，妳一直羨慕我的工作能邊忙邊玩，誰知道這箇中辛酸？忙裡偷閒的時間，其實分秒都沒有，時間也總是不夠用。這次能和妳一起飛，

能和妳成為旅伴，反倒有了另一種收穫，因為妳開朗的性格，讓我明白生活可以用自由的念想持續攀飛。

我們害怕失去自由，我們總想竊取自由，青澀的莘莘學子時期，展翅高飛還能祝福別人鵬程萬里。經過社會洗禮後，我們自編自導著生活歌舞劇，情感的羈絆枷鎖與無形的怯懦懼怕，讓我們忘了飛翔是一種本能，每個人其實都具有。而我整天埋頭苦幹著與金錢野獸搏鬥，一天二十四小時為一千四百四十分鐘，扣除掉睡覺吃飯的六百分鐘，其餘時間，我全用來工作。妳說：「人生苦短，應當活得勇敢踏實，不浪費每一秒，活在當下不是安排而是製造，如此才能擁有更多可以填滿生命的回憶和能量。」不管是妳在網路上給予我的安撫文字，抑或是妳在見面時供給我的溫暖笑容，我始終感謝妳出現過我的生命。

「歡迎妳來到尼泊爾 Pokhara，這是我朋友經營的民宿『名堂』，妳就把這兒當自己家吧！稍作休息，明天就可以開始旅行了。」

妳身上充滿了自由灑脫的氣息，宛如森林裡自體散發芬多精的小精靈，讓還要投身工作的我不禁感到羨慕忌妒恨。

「你呢？你該不會要工作吧？！」

「對呀，我要工作。」我順理成章地說著。

「不行呀！你得帶我到處去探險啊！這可是我這趟旅行的主要目的呢！」妳認真地看著我說。

看著妳真摯的眼神與熱切的懇求，我心想，這小妮子還真直率勇敢！我深怕會衍生誤會，只敢在腦海幻想和妳一起走訪秘境的情景，而不敢主動提出邀約，妳竟然理直氣壯地道出我擱置在心中的想像。

噢！對了，我得在此聲明，是妳主動約我的唷！是妳主動約我的唷！是妳主動約我的唷！因為很重要，所以要說三次。我相信妳看到這，肯定會想揍我。

倘若妳真能看到這些，是否能快點回覆我信息呢？我們不是已經約好再一起前往尼泊爾嗎？

「親愛的，妳到底去哪兒了呢？」

妳說，妳愛著高山裡藏著湖水的寧靜致遠，我說，明天就帶妳划小船去一探究竟。這種臭味相投的默契，在我心中埋下難以言喻的美好詩意。原來，一拍即合的旅伴與互許終生的伴侶一樣難得難尋。那天，我們倆將船划進湖心，妳不敢跳水，我則頑皮地一腳把妳踢了下去，這才發現妳是游泳高手，妳俏皮地說我小看了妳，而妳還妄想著要跟在這湖上有著跳水王子美稱的我一較高下。我帶著妳游到小灣湖

口，領著妳感受魚群拜寵的歡騰，看著妳又叫又跳手舞足蹈的模樣，我難得笑得開心。我帶領妳而妳也帶領著我，在陌生的國度裡，共同享受自然生存之道，共同體會「活在當下」的真諦。而勇敢踏實的妳，成為了我近期生命中最珍貴的一份禮物。我有多想親口對妳說一句：「謝謝妳，認識妳讓我的生活變得更豐富、更有趣。」

「Dal Bhat」是尼泊爾最具特色的美食，「Dal Bhat」是一種套餐，包含米飯、肉塊、豆湯等，這些都必須用手抓來吃。妳看著我笑，當下我懂得妳也喜愛樸實純然的生活，妳也喜愛深入體驗當地民俗風情的旅行。妳沒有大小姐脾氣，反而像森林系少女那般簡單自

然，也像快樂的精靈散發能讓人心情翩翩起舞的正面能量。這段一同
漫步尼泊爾的時光，總讓我誤以為自己是第一次前來。妳怎麼輕易地
就變成了我的嚮導？

　　我們走進一間黑漆漆的店裡，我告訴妳這是尼泊爾當地的郵局，
妳說妳要寄明信片回台灣，我說之後我再幫妳寄，因為我還多待在這
兒一個多月，妳微笑著點頭致謝。然而，妳有收到我的心意嗎？時間
過了這麼久，沒有回音的妳，和我那些不知去向的告白是否都隨風逝
去了呢？

　　這班飛機我選擇靠窗的座位，頻頻拿起相機，捕捉喜馬拉雅山的
高峰，拍下了珠穆朗瑪峰一把刺穿雲層的壯觀美照，我相信妳會喜
歡。妳總會說出讓我意想不到的話語，倘若生命可以像妳這般暢所欲
言，那可是多少人都無法做到的。妳知道嗎？我最喜歡那天我們游完
泳後，一起在小船上釣魚、烤魚吃的畫面。那時，妳仰頭說著這是妳
最幸福的時刻，當下，我聽不明白，還以為妳是因為餓壞了，所以吃
什麼都感覺幸福。而妳推著我肩膀說：「你抬頭看看呀！你抬頭看看
天空。滿天的星斗正陪著我們一起吃魚呢！不覺得超級幸福嗎？」當
下，我看了一眼天際，眼眶突地紅了。當時，我不知道為什麼自己會
被感動，多次造訪尼泊爾，多次在這湖跳水，竟不比這一次有妳參與
的旅程，妳的相伴為旅行增添了動人的情愫，讓我對大自然起了另一

種尊敬與仰慕。沒錯！人不管在地球的哪一處、哪一隅，都該找出與自然互生共處的法則。每當我遇到生活瓶頸與困難而堅持不下去時，我就會想起那夜的星空，宇宙便會慢慢賦予我能量，點綴平凡無奇的光年。妳那一刻的感悟，卻能讓我在人生旅途中常懷悸動地駐足於令人懷念的韶光。

　　妳享受旅行，最喜歡和我討論各種遊玩經驗，妳說人生本該動靜皆宜，偶爾也要學著休養生息。妳在旅程中，有兩件必備之事：一是要慢跑過這座城市，二是要帶上幾本可以細嚼蠶食的書。活動筋骨之餘還得填飽心靈，使人沐浴於文字的洗禮中。

　　之後，我和妳各自回家鄉，持續著網路上的互動。習慣在妳每趟旅行後，看妳分享的照片，聽妳訴說旅程中有趣的突發事件。我看著、聽著，然後幻想自己跟著妳參與妳生命中每一趟旅行。其實，我好想再見見妳，再和妳一起旅行，也許飛往尼泊爾，也許飛往其他國度，甚至與妳一同環遊世界。原來，我內心的平靜在於妳；原來，我情緒宣洩的出口來自於妳的生活分享。我不是個擅長表達的人，還有點兒內向，所以很多話總是鯁在喉頭，而妳天生就是個擅長說故事的人，聽妳開心地描述人事物，就能療癒我因庸碌工作、現實生活而貧瘠荒蕪的心靈。我該向妳學習生活態度，應當多練習「分享」，不該畏懼，進而能坦率勇敢地表達內心想法。

知道妳熱衷閱讀，所以我送上一對黑檀木書籤，這是我對妳的一點小心意。還沒收到物品前，妳非常著急，深怕禮物太過貴重，急著要付錢給我。我那時打馬虎眼地說：「不知道運費多少，等妳收到東西再說吧！」科技發達使這份橫越北京和台灣的禮物，在兩三天內就快速送達妳手中。

妳收到禮物後，立刻拍照並留言向我致謝：「這書籤真是太美了，好漂亮，我超級喜歡，謝謝你！」這是我收過最令人開心滿足的回饋，但妳居然又提起錢的事⋯⋯

於是，我告訴妳：「這小錢就等下次見面時讓妳請我吃一頓飯吧！」妳回了我一個笑臉貼圖，我知道妳是真的笑了，而我甚至笑得比妳還開心。

親眼見過妳極具感染力而天真無瑕的笑容，妳那個樣子，讓我真的好喜歡。妳真誠對待生命，真誠與人相處，與妳相遇真的是我三生有幸。

我們不過度探究彼此生活，不深入挖掘個人隱私，也不愁眉抱怨生活難關，而是用簡單的問候和動人的風景照來互相扶持、互相鼓勵，不刻意等待什麼，只是單純地為彼此加油打氣，一點一滴地堆砌出這份珍貴的情誼。

但是，親愛的，妳怎能忽然消失？這麼久了都杳無音訊，可否給我一點回音？我的生活就快要退回到那令人生厭的疲乏之中了……每當我心靈即將乾涸，就會翻閱、瀏覽妳傳送給我的美景，每當我再度走訪尼泊爾時，我總忘不了妳開朗的笑聲，尤其是妳在滿天星斗下嬉鬧著要我唱歌，要我在星空下為妳辦一場演唱會。想不到原本害羞的我興致一來，竟唱得欲罷不能、投入忘我。而妳調皮地打岔，央求我多教妳幾句尼泊爾語，我沒好氣地說下回再教妳，叫妳別打斷我歌唱，妳竟故作可憐地說我這是慢性虐待，簡直讓人又好氣又好笑。

　　親愛的，我真的再見妳一面。
　　下回見到妳就想教妳這句：「Mo teli maya golcu」
　　在尼泊爾，這句話的意思是「我特別愛妳」。

不管妳是什麼身分，妳就是妳！

千萬別忘了多愛自己一點，熱度需要像妳探索這個世界一樣。

「親愛的，生日快樂唷！」

「哈哈，謝謝妳，好久沒有和妳單獨聊天了，好想念一起上班的日子。」

「真的，那時候都沒有人管，每天都期待著妳中午煮什麼好料來，嘿嘿……」

今天，是妳的生日。

打開我們的對話紀錄，那些過往的關心都還留著餘溫。

好一陣子沒有妳的消息，那……可能是好消息吧！我只希望，妳有更愛自己一點，生活有更開心一點。我的腦海中還播放著妳豪邁的笑聲，希望妳能繼續散播快樂因子，用正能量感染周遭的人，進而讓這世界變得更美好。

「小舒，我決定了！我們去報名半馬，一起跑完 21K 吧！新的一年就是要去挑戰新的目標，所以，和我一起參加吧！」妳提出的這個邀約震撼了我，至今，那時奔騰的血液還在竄流。

「我……我……我不行啦！我不像妳平日都有在鍛鍊身體，前陣子妳不是還去參加國際越野挑戰賽……我可能連三公里都無法完成了，喔不！我應該跑一公里就快沒命了，所以，拜託！不要約我！我很肉腳的。」真的……說到跑步，我就只想逃避落跑。現在想起來，我其實就是想逃避「挑戰」這件事。

生活中，妳總是有辦法想到各類極限活動，然後興致勃勃地呼叫我和妳一起參加，妳就像啦啦隊隊員一樣，超級有活力又總是面帶微笑，因而往往讓人無法拒絕妳的邀約。

「唉唷！我是說參加就好，我知道妳體力或許無法完成 21K，所以啊！我幫妳想好了，妳可以參加 9K 健康走，沒有時間限制，而且這次的賽道是森林耶！沿路沐浴在大自然芬多精裡，很舒服的！新年要有新希望嘛！我們就把完賽當成目標，不要有壓力地去體驗，怎麼樣？一起去吧～～」妳就是有辦法說服大家，總是有辦法把困難的事說成沒有瑕疵的樂事，讓人們莫名其妙地就認同妳的觀點，繼而走上妳所安排的道路，而人們也就這麼順理成章地走入妳的生活。瞧瞧妳這般魅力，可說是我最欣賞的一種人格特質，不僅能說的頭頭是道，還能做的完美無瑕。

親愛的，謝謝妳沒有放棄我，願意不間斷地邀約我，雖然我幾乎

是用走的才把公里數走完，但是，至少我堅持著完成了 9K 的挑戰。這是我人生中第一場馬拉松，也是我第一次和「她」一起牽手走過的終點線，我很感謝妳讓我透過這項挑戰更認識自己，也更了解她。我曾告訴過妳這個秘密，不過，妳應該很早就發現了吧！我和她在一起有一段時間了，我總是用「室友」帶過，而聰明的妳不會當面問我，也不會對我議論或打聽八卦。

其實妳不僅是我的同事，更是我生命中最願意用心付出情感的朋友。所以，我能夠放心地告訴妳——我和「她」的關係、我曾經的故事。「朋友」就像一本書，我們慢慢咀嚼文字的同時，也踏進了一場未知的探險。我希望妳能多了解我，其實在我對妳敞開心房的那一刻起就已經把妳認定為今生的好姐妹了。

當我們提及兒時記憶，就像啜飲溫醇奶茶，保持著濃郁香甜，體味著時而淘氣又帶點母性的柔情；當我們辯論著銳氣的年少時期，就像大口喝著可樂，入喉時總會伴隨著大量氣泡，讓每一口都能滿溢快樂熱鬧的芬芳。每每和妳開啟聊天模式後，我就會產生許多異想，我們總有辦法搭上話題，那是我和妳心照不宣、不言而喻的默契，這不僅僅是喜歡而已，更是一種「癮」。

我曾有位交往八年的男朋友，但最後我向他提出了分手，因為當時我意識到自己愛的是「女孩」，而後，很多人問過我，是不是前男

友做了什麼傷天害理的事才導致我性向轉移？我很難向人啟齒自己和她的關係，父母的憂心也造成我沉重的壓力，但是，只有妳，直接地對我說：「喜歡一個人毫無道理可言！這是因為內在情感需要一份寄託，和遇到誰、碰到什麼事並沒有關係，或許性別也不代表有所謂的正確答案。」妳的說法給了我莫大的鼓勵，讓我添加了許多信心。

我和妳都屬於異地命格，離家越遠反而能越挫越勇。每次放假回老家，都只能用一成不變的微笑來面對那些非常尷尬的相親飯局，而那張笑臉只是為了讓老人家能保有一絲暫時性的安慰才堆上的。

當我三番兩次地強忍壓抑後，終於在父親節前夕情緒爆發，我大膽地對眾親戚們說：「請不要再幫我安排相親了，我要和誰在一起，我自己會決定，如果以後要我回家吃飯只是為了這目的，我就不會再回來了。」妳知道嗎？我說這段話時，覺得自己好帥！好厲害！然後，我發現這舉動是和妳學的，畢竟，要有大姊風範，要宣示自己的權益和立場，要勇敢地表達自我！

然而，現在，我已經把「她」帶回老家和爸媽一起吃飯了，我們不需要解釋關係，只管融入當下的生活種種，讓時間來證明一切。

其實說來慚愧，我明明就是師範學院畢業的，還專攻輔導諮商，結果，竟然還需要妳的諮詢與安慰。記得那時，我和妳被老闆炒魷魚，妳莫名其妙地丟失了大好前景，卻還反過來一直鼓勵我，努力地

提供我新的能量。那一回的失業，讓我看清職場的本質，回顧多年的專業經驗，催化了我開始重視自我能力的提升。妳很清楚地告訴我：「人生一定要有代表作，一定要有可以證明自己價值的東西，而那些絕不會僅是言語上的口頭推薦，還需要有實質的物質產出。」當我回顧妳在工作時的堅持與固執，才逐漸明白那正是妳把工作成果當做打造自己品牌口碑的因素，所以妳比誰都還努力、都還認真。而我也立下一個誓言——面對未來的工作職場，我要命中核心幹部，把「秘書」一職發揮得淋漓盡致，效法妳面對工作的態度與熱誠。

「小舒，我們一起去飛吧！敢不敢？」妳的探險因子又在**蠢蠢**欲動了。

「飛？這是……什麼意思？」我其實不太敢繼續問下去。

「哈哈，妳老家附近是不是有飛行傘的體驗？妳去飛過了嗎？」喔！妳說到了重點。我們南投埔里老家有座知名的「虎頭山」，那是台灣的中心點，海拔六百五十公尺，山麓上有涼亭與觀景台，上午可以體驗飛行傘，幻化成老鷹嬉戲遨遊，感受海闊天空的無憂無慮，傍晚則帶著感動與最愛的人一同享受華麗的百萬夜景，將美好的回憶收束在金黃閃耀的萬家燈火之中。「它」確實在我家附近，只可惜，我沒有參與過……這樣說來，我可能比外地人還不熟悉自己的家鄉。

「我……我沒有飛過，但是，我有點……有點想去體驗看

看⋯⋯」我小聲地回應著。我曾對「飛行傘」懷有夢想，只是我太害怕跨出第一步、害怕面對那樣的高度，但是如果有人願意陪伴我一同飛翔，我就能勇敢地實現飛行的夢。

「是唷！那走呀！我們一起去飛吧！快，妳去聯絡教練，我們⋯⋯我們約下星期去體驗，還可以去妳老家走走，順便吃點道地的南投美食，妳覺得如何？」妳的性格就是這麼灑脫可愛，在妳的字典裡，或許看不見「困難」這兩個字，而從妳口中說出來的「挑戰」，都像是增添生活的情趣與調劑。

那天我們心情非常忐忑，還記得是我先飛的！教練在我耳邊說：「等一下說跑的時候記得要全力往前衝喔！用力地往前衝，這是非常安全的運動，妳就放心地和我一起飛吧！」我不知道自己是因為緊張害怕而哭，還是因為即將實現心中願望而感動到淚灑，就在恍惚情緒與模糊視線交錯的時刻，身旁突地吹起一陣狂風，把我的傘具瞬間托高、拉起，我逐漸被扯離地心，腳底板與地面開始藉由摩擦產生不捨與依賴之情，而我正快速地上下蹦跳著，教練也開始倒數、準備衝刺了。

「小舒，記得要大聲尖叫唷！加油～～加油～～大聲地吶喊吧！」我聽到妳對我信心喊話。而我心中的青春熱血已經沸騰，我即將勇敢地飛，我要放開一切包袱，用盡全力地往前衝去，然後，我讓

笑聲與尖叫聲迴盪在斷崖間，讓風包裹我的心跳、吹散我的煩惱，這短短的幾分鐘內，我在高空中飛。而這場完美的體驗，是我永生難忘的感動。

「親愛的，妳好嗎？」

妳……真的好嗎？其實我很擔心妳。

那天，妳打電話給我。電話那頭，妳的語氣是我從沒聽過的，妳用近乎絕望的語氣說著自己好累……我問妳怎麼了？為什麼累？妳停頓了幾秒還嘆了一口氣，然後妳突然笑著對我說：「唉唷，沒事～～沒事啦！我開個玩笑而已。」我不便再繼續問下去，我苦讀過心理學，腦中的學科知識瞬間湧入心田，我快速地在心裡對妳進行分析：雖然妳勇氣十足、活潑開朗，但是很少抱怨也很少提自己的苦楚。

妳……是不是隱藏著不為人知的秘密，自己守護著潘朵拉的盒子孤獨地活著？妳總能獲得大眾的信任，也有辦法和能耐完成指令與目標，但我知道妳過於堅強地生活，從妳的少女時代到生完孩子當了媽媽，一路走來，和妳相知相惜少說也有六年以上，我能理解了妳的辛苦和辛酸。我很佩服妳在外人面前的那種「勇敢」，妳戴著能讓人誤以為妳過得很好的面具，但其實，私底下總要偷偷療傷良久。這種人格的人需要朋友的細心關懷，妳有多容易被感動，就說明了妳有多麼需要被愛而妳又是個多麼感性的女孩。雖然，妳不會讓自己耽溺於悲傷中，也有辦法設定好新的目標，並且努力活在當下，但是，這回我總覺得有點不一樣……

　　這回真的有點不一樣！而妳消失了太久……回溯那通電話，我當時應該要雞婆地多問妳一些問題，我那時應該要用激將法把妳的痛苦挖掘而出……或者，我不要妳揭開傷疤，而要妳學會「倒垃圾」然後自我療傷，妳不該總是只傾聽他人的煩惱，而是要學著讓自己的心靈得到釋放，更愛自己才對，不是嗎？

　　親愛的，我真的很擔心妳，請回我訊息，讓我知道現在的妳是好的，好嗎？

　　「就這樣決定了，明早五點來我家集合，早餐讓妳準備喔！我要

吃那個……超級好吃的紫米飯糰，還有大杯溫奶茶！」那陣子，妳發現了一條攻頂的陵線，說著一時興起，我竟一口答應要與妳同行。那天早晨，我們輕裝上陣徒步了五公里才發現登山入口，我們必須拉起繩索爬岩石壁，我戴上手套緊握著白色童軍繩，內心情緒忽然爆發，開始回憶起參加童軍團的時光——野外求生訓練是最為嚴謹的課程，而登山活動總能激出燦爛的笑容，讓童軍團成員明白要秉持服務社會與回饋世界的精神來面對生命，並將那種熱情傳承下去——然後，我笑著對妳說：「以前在童軍團時學長姐總會盯我攀岩，因為我的手很沒力，繩索常常抓不好。」

妳說：「哇！妳以前是童軍團啊！超酷的，你們一定有很多露營、爬山的機會吧！好羨慕唷！我覺得參加童軍團很帥！」

「對啊！幾乎每個放假日都待在山裡，像猴子一樣盪來盪去的。」我一邊攀爬一邊說著過去的豐功偉業，這時我們已一溜煙地爬到了頂端，陵線上所見的美景構成了遠方的一片詩意，我們往下俯瞰山林的足跡，給彼此會心的一笑。

原來我也有讓妳稱羨的地方，這種小成就感讓我舉起右手回敬了妳一個童軍三指禮，空氣似乎瀰漫著智、仁、勇的精神，而妳學我敬禮的俏皮模樣，讓這段登山之旅更顯溫馨難忘。

親愛的，妳是一位很棒的朋友。

　　我的生活沒有什麼特別之處，但我總覺得能認識妳是我最驕傲光榮的事，讓我能學習妳的美好特質繼續努力經營好自己的人生，妳總是鼓勵我去挑戰生命、去享受困境，而這樣的妳也讓我對生命的價值有所改觀。

　　妳常說：「每個人都該是活出自信、活在當下。」所以，妳也不要忘了啊！妳擁有豪邁奔放的笑聲，是感染力十足的女孩兒，不管妳是什麼身分，妳就是妳，千萬別忘了多愛自己一點！我們要繼續一起探索世界唷！

　　I love you.

娶不到妳，是我此生最大的遺憾……

Love you forever！

仲秋，一叢火紅，是位於現在吉林省長白山白樺高爾夫球場的瓊林玉樹。妳說落葉喬木有特別之處，尤其是「白樺樹」，樹皮呈現白色，偶有清香松木味。一年之中會有一次將葉子全部掉光，整棵樹變得光禿禿的，翌年再冒出嫩葉枝芽，如此再生。妳將這比喻為人生的風光如同一層外衣，時間到了就會脫落，接著再重新開始累積，這般循環反覆告訴了我們──人都該順應自然並不懈怠地努力活著。不管萬物如何變化，妳的「人生哲學」值得深思，讓我回味無窮。

現在，就讓我告訴妳一個秘密吧！在中國，白樺樹據說是有驅魔

趕鬼之功用，妳這隻膽小鬼可以在家裡多種幾棵，以防萬一呀！哈哈！逗妳的啦！認真說起來，妳一定不知道這些高聳的白樺樹在俄羅斯有個非常浪漫的傳統習俗，如果要寫封情書送給妳，我一定要揀選用白樺樹皮做的信紙，因為它代表著深切思念且永恆存在，而此刻，我要對妳說：「我想妳」。

「妳好嗎？我好久沒見到妳了，想起妳那知性眼神和櫻桃小嘴……真美！只是……妳去哪了？好一陣子聯絡不到妳了……唉！」我走在球場上想著妳。就因為妳，我刻意選擇來這座球場，來看看這些白樺樹，來感受妳說的人生體悟。

這幾天，我拾起高爾夫球教練的兼職，來陪這些生氣勃勃的商界老闆們打球。出席這種商業聯誼活動，培養人脈之餘也可以順便鍛鍊體力，打轉在這樣的商場中，我總是希望妳能和我一起行動，除了能借重妳的口才和外表來助我一臂之力外，妳的笑容還能讓我減輕許多工作壓力。

還記得我們剛認識的時候，因為要拜訪同一位客戶，妳成了我的競爭對手。當時，感覺妳像懵懵懂懂的大學生，像剛畢業的社會新鮮人。我那時不懂妳為什麼要選擇這種必須東奔西跑的工作，畢竟，我所認識的女性大多數都是 office worker，像朝九晚五的機器人，窩在

辦公桌中埋頭苦幹著，而拋頭露面的業務工作似乎不太適合青澀的小花朵。我們所接觸的客戶，不外乎董事長亦或是總經理，像妳這樣的小女生怎麼可能可以輕鬆駕馭？顯然，妳有著老生常談的舉止，好整以暇地面對這場面，不但能泡茶、談生意經，還能和我有默契地一搭一唱唬弄那隻大肥羊。妳的社會經驗不禁讓我產生好多問號，絕對不能小看妳，妳的外表這般精明幹練，內在卻能保持婉約得宜。交手的次數多了，我對妳也產生諸多好奇和好感……

我當時滔滔不絕地說著生意經，妳聽得頻頻流露出崇拜的眼神，還說：「小女子來此地虛心求教，敢請先生指點迷津。」逗得大夥兒大笑不已，看著妳那古靈精怪又詼諧逗趣的表情，散發多樣的知性美，真是一朵尤物。雖然那筆生意我們後來沒有談成，但是，老天給了我一份更大的禮物，就是讓我認識了妳。

當時，男未娶女未嫁，我熱情地展開攻勢，迷戀妳創新大膽的生意頭腦和年輕貌美的外型，雖然我們年齡相差十多歲，卻能侃侃而談彼此的工作與生活，如果不把妳娶回家怎麼對得起我的父母呢！

嘿嘿～～我要再次表白，讓妳看到這些文字後，馬上回電話給我，不可以再這樣搞消失，不可以再這樣不告而別，不可以再讓我擔心！我們可是好哥們，妳這樣忽然消失不見，我要怎麼繼續介紹大老闆給妳認識？那些一起比劃切磋的日子，妳總是可以自信地大笑，像

是一顆小太陽，暖化在場的每一個人，就屬妳人緣最好。

「喂～～妳在忙嗎？晚上有沒有空？」我十分緊張地撥打了這通電話。

「喔～～是你啊！晚上嗎？要幹嘛呢？」

感覺妳可能會拒絕我，讓我更顯緊張。

「約妳去喝咖啡聊是非呀！下班和我約會去吧！」我假裝沒事地說著，內心卻是既期待又怕受傷害。

「嗯～～我想想喔……要約幾點呢？在哪見面？」

不知當時的妳是不是因為同情一位老人家才勉強答應我的呢？

「好，那晚上八點半，崇德路轉角的星巴克，不見不散囉！」終於約成功了！天知道當時我有多麼害怕妳拒絕我，心裡的小鹿不知道撞死幾頭去了……

「OK！晚上見～～ Bye ～～」電話結束得很倉促。我猛一看手錶，現在是下午四點半，距離見面時間只剩幾個小時，我腎上激素急速上升，心跳聲有如狂響的搖滾樂。怪哉！四十好幾的大叔邀約一位正妹喝咖啡，竟然比談一場上千萬的生意還要緊張，我就這樣來來回回地踩腳。

有人說，若要免除心中的恐懼就要先了解自己對眼前的事情是否懷有最終目的，釐清目的後，思路就會開始變得清晰明朗，內心就不

會再那樣擔心害怕，進而能想出更多的解決辦法。

　　我非常清楚晚上要和妳說的內容，因為我有認真思考甚至排練過，不管妳給了我什麼答案，我都會勇敢地向妳表白我對妳的心意。甚至，我想過當下要不要送上一束玫瑰花讓場面更有情調，或是，假裝不經意地牽起妳的手說些山盟海誓讓妳感動萬分。

　　要不要在門口等妳？還是先幫妳點杯咖啡？我無厘頭地想了一整個下午，自編自導著妳所有可能的反應，反覆練習無數次。當晚，將會是我的表白日，而妳根本不知道那時的我究竟有多緊張！

　　妳終於來了！我看起來穩如泰山，紳士舉止都讓妳感覺滿意。那天我們談的也是公事，相互討論著該如何合作，偶爾抱怨一下老闆們不為人知的職場潛規則，談笑風生的時間總是過得很快，不到兩小時，妳說妳要回家了？！誒……這……這不對啊！和我演練的情景不一樣呀！不對！甚至我根本沒有說到重點，今天我是要來表白的耶！怎麼都給忘了？

　　其實不是忘記，是我根本等不到時機，我被妳那開朗又自然的笑容給迷惑了，我不敢打斷妳說的話，只因為靜靜欣賞著一位女孩是我們中年男子的小確幸！

「那個……我……我……我……我問妳喔……」這句話可能是我有生以來第一次結巴。腦中忽然一片空白，靈魂都不知道飛到外太空哪一層去了……

「嗯？你要問我什麼？」妳面無表情地看著我，等待我提問。

「妳……妳……有想過要結婚嗎？」我的天呀！這是什麼爛問題？我當下真想一頭撞牆去死！真的，每當我想起這段對話，都覺得自己糗到可以挖十個地洞去鑽。那時的我說錯話了，我想和妳說的是：「我喜歡妳，我想娶妳，請問妳有想過要結婚嗎？」這才是表白的開始，而不是莫名其妙地和妳聊起結婚的話題啊！結果，妳竟然回我：「現在嗎？還沒耶！」果然是妳灑脫的性格。好吧！當下我像被人從 101 大樓上給推下，急速降落有如雲霄飛車，剩一只軀殼，心都飛散了。

這些過往，我沒有刻意和妳提起，我坐在老位子上，喝著咖啡，回想那些往事片段，腦中畫面一幕幕地端上眼前，此刻正是晚上八點半，秋風入夜的時候最容易想起妳，我自己在這裡笑著、想著那個我這樣那樣喜歡的妳。即便我們現在各自有了家庭，而妳和我還是保持良好的友誼，討論著經商之道，進行著生活勉勵。

其實，不是我急著想結婚，只是當時父母急著幫我找個門當戶對的女人，妳也知道我家的背景讓我無法對自己的感情、婚姻施展拳

腳，因為生長在一個富裕家庭需要面對人脈網絡的壓力，生活中總會夾雜輿論紛擾，這也屬我另一面的悲哀與憂傷。當我遇見妳，看著妳有年輕的活力，讓我好生羨慕妳的灑脫自由，所以，我特別喜歡和妳聊天，讓我能感受到年輕氣血的環繞。可惜，身為家族聯姻以鞏固企業經營的犧牲品，我只能迎娶早已被安排好的結婚對象。為了維繫家族事業與商業貿易所需的人脈網絡而就此訂下終身，我表面上很和平地接受這位女性並且很用力地去愛護她，但在我心中還留有一個問號——那晚，妳到底是不想結婚還是不想嫁給我？我始終不敢問妳，只能在此希望妳能回答我，就當是滿足我的好奇心也好、了卻我的一樁心事也罷。

「喂～～妳能出來陪陪我嗎？我今天訂婚了，但我好痛苦……」我還沒喝醉，但心裡難受得很，當下只想見到妳。

「你怎麼了啊？你在哪呀？」聽到妳著急地回應，這讓我感覺相當安慰。

「我們去喝一杯吧！我想跟妳說說話，拜託～～不要拒絕我，拜託～～」我知道這算是單身時期的最後一次權利了，就讓我見妳一面也好。

「現在嗎？今天是 12 月 24 日耶！平安夜晚上約我出來？而且你早上訂婚，現在約我出來，這樣對嗎？」我不想聽妳拒絕我，就讓

我當一次無賴，我一定要和妳見上一面。

「拜託～～真的～～我真的想和妳說說話～～」

這個婚姻契約確實讓我內心痛苦得有如刀割，如果還有機會，就當是最後一次機會，我也想讓妳聽聽我的心聲。

這樣的我，很貪心嗎？很過分嗎？

其實情場和商場一樣，都有手段，都有目的，不全然是內心小劇場發作而已。某部分是想著若是能見到妳，也許我惆悵的心情會好一點，還有一部分是男人的軟弱，這樣的心事能和誰訴苦？能找到不會吐槽挖苦還能理解自己生活樣貌並真誠祝福的人，除了某些換帖的豬狗朋友外，我也只剩妳啦！究竟除了妳，還有誰能帶給我溫暖？還有誰能扮演我人生道途上的一盞明燈呢？

「我真的好難過……我又不喜歡這個人，但是就必須要結這個婚，我究竟能怎麼辦？活得真不像個男人，妳又不嫁給我……妳看，我要怎麼辦？我能怎麼辦？唉～～我真的很難過……這都是妳害的，誰叫妳不嫁給我！哼！」我像孩子般地對妳發洩情緒，而妳始終溫柔地看著我，然後慢慢地喝著妳手上那杯紅酒，不疾不徐地聽我抱怨，最後，妳拍著我的肩，對我說：「嘿！好好對她，這是命中注定，上回你問我怎麼向女生求婚，對吧！就是她吧！」聽妳這麼一說，我忽然驚醒，妳怎麼會提起那通電話。

在感情中的我是個著實的笨蛋，不知道怎麼求婚，女生才會感覺開心，所以我打電話問妳有沒有什麼驚喜是女生會喜歡的求婚方式？妳很認真回答並且用心教我怎麼做。

　　難道……妳……期待我向妳求婚嗎？這問題妳得說清楚啊！嘿！妳看到沒？那時候，妳是不是以為我要對妳求婚？

　　想起這些，我笑著喝完了手中這杯咖啡，錶上的時間已經跨過十點，我打了通電話給妳……

　　「您的電話目前無法接通，請稍後再撥……」這句話我聽了不下上百次，妳去哪了？出國嗎？之前有偷偷經過妳家附近，但始終看不出個端倪。曾聽妳說過想一個人出國走走，是不是真的開啟了旅行？

　　「親愛的，好久不見啦！下週三來給我請，沒有給妳炸彈，就不要給我紅包，我只要妳人到就好，幫妳安排好朋友桌的位子，我會請兄弟們照顧妳，到了打通電話給我，聽到沒有？」語氣上我很有精神，因為那是一通命令電話。就是要見到妳，得到妳的祝福，我才能安心。

　　「好～～我一定會去！」妳沒有其餘的情緒，一樣很有個性。經過妳上一回和我說這些是命中注定，我改觀了──雖然我娶的人不是我的最愛，但妳在我心中的存在仍是永遠，我願意看妳幸福，所以我選擇放手，讓妳我自由。我一定會支持妳所有的決定，也許是我們年

齡的差距，讓我有個自認為合理的藉口可以將妳鬆脫，我釋懷了想佔有妳的種種情感，卻增添了一份想疼惜妳的情愫，謝謝妳在那個平安夜裡安慰一位失落老頭，給予他在任性時候的最後一次柔情陪伴。

終於到了丟捧花的時刻，我從上百桌的人海中邀請妳上台，是不是被我嚇傻了呢？老男人也有莫名幼稚的時候，看妳被攝影機追著跑的樣子，實在太逗趣了。在台上看妳驚慌失措的臉龐搭配著可憐兮兮的模樣，真心覺得妳好可愛呀！

「快！就是妳！上台來～～請現場攝影機拍到的這位美女，快點上來唷！」我還搶過麥克風大喊妳的名字，哈哈，我天性就調皮，妳也無法招架。那天妳身穿黑白圓點洋裝，脖子上圈著羽白色的毛絨圍巾，相當漂亮。

對新娘來說，丟捧花是傳承幸福給好姊妹的美好橋段，身為男方朋友的妳，不該來攪局搶捧花。但我才不管新娘的想法或旁人議論紛紛的言語和眼神，因為我只希望妳能得到我全心的祝福並且真正獲得幸福，而全場也只有妳值得。我選擇用另一種方式去愛妳，或許這樣反而能讓妳過得更幸福。

我永遠記得妳在我面前搶捧花的嬌羞模樣，妳怒瞪了站在台上的我，我還給妳一張鬼臉，誰叫這一刻妳也只能任我擺佈，也誰叫我們

感情基礎夠好。上回我們一起拜訪的那位客戶，妳還記得吧！我可是在背地裡幫妳說了許多好話呢！後來妳打電話給我，高興地分享著自己終於完成這筆大訂單，臭美地炫耀妳有業績獎金，我也真心地為妳歡呼叫好。其實，我從沒把妳當成競爭對手，妳有實力，更有我的心意。總之，就當是為了報答我，這就上台來讓我凌虐妳一番吧！而現在妳也都知道了，我這下可是把所有的真心話都說出來了呢！反正我現在找不到妳，再多表白一次也沒關係，說不定還可能會把妳激怒，讓妳現身出來見我呢～～

認識妳有八年了，自從我結婚後，漸漸和妳少了聯繫，我知道妳也結婚了，可是為什麼沒有邀請我去參加妳的婚禮？我在網路上看見妳穿白紗的模樣，非常漂亮。我非常珍惜和妳之間的這份情誼，當時，我在國外打拼著自己的事業，時常在網路上和妳留言問好，妳卻始終沒有回應我。就這樣讓我空等了六年，每一則訊息我都沒有刪除，總在等著妳的音訊。終於，妳回了！

「近來好嗎？好久不見～～在哪呢？」這是……妳的留言？！我沒有看錯？！

「嘿！妳出現了！我很好啊！我現在人在上海。」我按捺住心中的喜悅。

　　「喔！你在上海呀！那好吧！等你回台灣我們再約見面囉！」我當下真想立刻飛回台灣，馬上和妳見面，我似乎看得出來妳有事要跟我說，但我來不及也不方便繼續盤問下去。

　　「OK！我回去找妳～～保持聯絡唷！」訊息雖然短促，但是我已心滿意足，至少妳還在。

　　如今，我回台灣了。妳不是說要約見面嗎？怎麼又消失了？

　　這次，我想起妳對我說過的話──如果命運是上天的安排，那就代表每件事都是來修練你的，人無法全然完美，只有不停地修剪稜角才能成圓，每個人都有自己需要修練的課題，只要珍惜當下就不會後悔。

　　一路走來，我總能記住妳說的每一句話，謝謝妳給予我的正能量，不管幾歲了，我們都該珍惜身邊的人事物，我會好好地對待家人，脾氣也會收斂一點，然後繼續學妳用那樣瀟灑的性格來闖蕩天涯。

　　我最親愛的，回來記得找我。

　　就在老地方碰頭，我們總會相遇的。

　　Love you forever.

妳能掌控愛情的濃淡，但妳無法操控生命的劇變。

好好珍惜身邊愛妳的人。

「妳最愛吃什麼菜？」第一次見面妳就問了我這個難題。

「我……我……」我不敢回答，因為會想起他。

「喔！抱歉，我不該問廚師這個問題對不對？」妳這樣說著，嘴裡還咀嚼著我為妳料理的泰式松阪豬義大利麵，看著妳捲麵條享受食物的表情，其實，我是願意告訴妳更多故事的……

「哈哈，好不好吃呀？這是客製化的口味唷！」我還沒準備好回答妳的問題，所以選擇先逃避而不去面對。

「超級好吃！真的！香 Q 的麵條吸飽了豬肉的焦香，口感脆脆的！入口時還有泰式酸辣口感，尤其是妳用牛蕃茄增添甜度，真的超級好吃！對對對，就是 olive oil 帶出了畫龍點睛的清爽香氣，整體而言，美味到爆炸。老闆娘，可以再來一盤嗎？我肚子還有空間唷！」妳口若懸河地讚美著我的料理，逗得我合不攏嘴。

那次，是我們第一次見面，不知道為什麼，妳這小女子，看起來明明就是個妹妹，但是妳說話的態度卻是那樣老成而懇切，眼神和表情都讓我好生喜歡。真的！我很喜歡聽妳說話，也總是默默地欣賞著妳品嘗美食的表情，然後，我情不自禁地端上了私釀美酒來為我們的

相遇畫上完美的句點。那天下午，我們兩人暢所欲言，當我說出愛吃的菜名後，妳哭了，而我苦笑著沉默了，也許那道菜名同時觸動了妳我的心靈。

親愛的，我們該是一年見一次面的。今年，妳沒來找我，我特別想妳。妳好嗎？妳是……去旅行了嗎？不管如何，希望妳傳個訊息給我，讓我知道妳過得好不好，有吃到好吃的美食就傳照片來刺激刺激我吧！

冬天來臨前，我總會想起妳，這算是一種神祕的愛戀？因為，我把自己最難受的祕密都告訴妳了，就算我們不在彼此的身邊，妳散發出的舒服感與安全感，總能讓我的心靈變得平靜。

「一份咖哩飯！」這是第十五間有販售咖哩飯的餐館。在這座城市中，我一直在尋找關於「他」的記憶，而我最愛的菜色就屬「印度咖哩」。

這料理的背後有段世紀愛情故事，在我生命裡蔓延了十八年，一直無法向他人訴說它是怎麼開始的，更難以對他人啟齒它又是如何荒唐地結束。

謝謝妳，讓我勇敢地說出壓抑許久的祕密。我的愛情讓很多人霧裡看花，人們往往會覺得我是在天馬行空地胡說八道，也有人瞪大了

眼睛然後吹捧它是美麗的幻影。別人怎麼說、怎麼想都無所謂，因為在我心裡，這是一份珍藏，一樣不需要別人來懂的寶貝。

　　愛情，對我來說像是一條潺潺流水，緩緩地沁入我和他的血液中。有人勸過我，網路愛情不可靠，談戀愛之餘也該看清現實，女人必須有真實存在的男人相伴，才能互相依偎並給予彼此照顧與溫暖。然而，我對這種見解從不予理會，就像妳說的「在每個人心中，愛情的模樣都不盡相同，既釋放著甜蜜也夾帶著苦楚」。只是現在，我往往是滿心期待地去吃咖哩飯，卻總會囫圇地嚥下憂傷與遺憾。我依舊

尋找著屬於他的家鄉味，但對於愛情，我則漸漸退出，讓悔恨把自己勒緊、綑綁，更可悲的是，我不知道自己是走不出傷痛還是不願走出傷痛……

我選擇在靠海的城市生活，這樣每當想起他時，就可以有兩種選擇：一是循著浪花迴盪，怒喊著我們相愛的牢不可破、堅不可摧，佇立、停留，然後想念；二是或許可以拋下一切墮入深海，進而與他相伴，就此沉睡，長眠直到永遠。

當時，我對妳說：「我和他已經超越愛情了，是一種難以用言語表達的共生模式。我們一直都是遠距離戀愛，現在的他，更遠更遠，遠到我再也看不見了……」我苦笑地說著，而妳沒說話，但妳的呼吸似乎壓抑著哭聲，然後靜靜地看著我。我們有默契地拿起酒杯對飲，用清脆鏗鏘的乾杯聲哀悼逝去的愛情，讓它就此長存。而我的情緒忽然緊繃，宛如刺骨的寒風凍傷了我赤裸裸的軀體，妳臉上的淚痕則是道盡我的軟弱，偏偏我就是哭不出來，自從他死了之後，我沒流過半滴眼淚，甚至到了現在，我都還不敢相信他已經死了？！甚至我無法放過自己，心痛到無法入睡，日夜沉浸於相思之中，彷彿罹患重病。我的外殼看起來宛如活人，但誰懂我的靈魂已飄散凋零，我重新定義了「失去」的涵義，對我來說，它是強硬奪取、邪惡偷取。

我點了菸，手指微微顫抖著，這說明了我無法駕馭這樣的悲劇。

妳緩緩地開口問了我：「你們是如何相愛的？」

我吐了口白煙後，說著：「我們是網路戀愛。自 1999 年起，我們從單身相愛到彼此各自有婚姻、家庭。我離婚後，自己創業經營義大利麵館，然後，我有一名女兒。」接著，妳問了關鍵的一題：「妳怎麼能確定他死了？」這是一種帶著關心的試探，我當然知道妳沒有惡意，只不過這問題像銳利的刀片，輕擦過皮膚後，血液便會極為主動地從皮肉竄出而綻放，不太痛卻能染紅一地。我又抽了一口菸，笑著問妳：「嘿！妳要看嗎？要不要看他傳給我的最後一張照片？」我鼓起勇氣把最傷痛的私密向妳表露無遺，我不等妳回話，便逕自滑開手機，點選著根本不用尋找的相簿，打開了那張瀕臨崩潰、嚴重缺氧的自拍照，但我撇過了頭，無法細看也不忍凝視。

「妳看……他是這樣死的。」我看似無情地望向相片，內心很想痛哭，很想放縱地哭到瀕臨死亡，但我想我的淚腺可能壞了，沒有反射神經，無法淚崩，因為再椎心刺骨的形容詞也不及我心臟被擰扭的窒息感。

我慢條斯理地向妳說明：「他是……自殺！這是他舉槍自盡前活在人世間的最後畫面，那時他對我說──不用擔心，已經結束了。」然後，我提起左手比畫著舉槍的姿勢，將手指抵在自己的腦門上，我

無數次希望自己的手指是把真槍，讓我也一起體會瞬間斃命的快感。

為什麼他要留我在這裡？我好恨我自己，因為，是我害死他的，是我不經意的負面回應，帶給他消極的情緒，進而影響他結束了自己的性命。妳看完照片後沒有說話，只是靜靜著流著眼淚，我讓妳繼續釋放傷悲，好像是讓妳幫我嚎啕、吶喊這段糾葛的愛。

我娓娓道出曾經的恩愛光景，那些他說愛我的字句還有那些我們相擁的身影，一切的一切都歷歷在目。而妳看著我的眼神，湧現出一股懇求與暖意，讓我終於哭出一滴淚來。我記得妳的反應好似一座空靈肉體被注射了苯丙胺毒品，嘴上已無法言語，但眼神卻透露著膽顫心驚。妳的淚珠滑落得很快，用同情的眼神看著我，對我說：「妳的愛好痛但是好美，可能沒有誰能走過比你們更深刻的愛情了。」

「這十八年間，你們見過幾次面？為什麼你們的感情能如此意重情長？」我們邊喝酒邊聊。

「當時的年代，網路並不發達，我進入聊天網站的目的是想練習英文，透過聊天室的留言互動功能，遇見了他。我們對彼此關心、問候，有時長達好幾個月沒有音訊，當我在了解他的個性與工作模式後，選擇用時間去證明、去信任，也讓自己開始習慣這種沒有壓力又帶有驚喜的愛情。其實，我有去印度找過他，體會過面對面的真實

感……」我說起曾經，妳聽著聽著竟不哭泣了，妳彎起嘴角、露出微笑，妳的笑容撫慰了我的傷心。我請妳等我一下，我得先去料理剛剛客人點的餐，於是妳乖乖地坐在廚房一角，看著我張羅食材，還對我比了個 OK 的手勢，讓我能放心去工作，也讓我想起維繫一段意重情長的感情之關鍵便是「真誠的信任」。

妳的友情別於他人，和妳聊天既舒服又暢快，不用刻意安排也不會別有目的，可以任性灑脫地說出心裡話，妳能對我展開適當的關懷，運用同理心，站在說話者的角度給予支持的力量，這樣的妳和他好像，真的。後來，我知道妳和他同星座，我更能確定為什麼我會那麼喜歡妳，又為什麼對妳的思念格外深刻。

忙碌過後，我們繼續笑談：「我和他相約在 Bangalore 的一間飯店見面，我在那邊等了他十幾個小時，當我失望著準備要離開時，發現有一位身穿西裝的商務人士匆忙地經過我的面前，有種似曾相識的感覺，我直覺覺得就是這個人。可是，也很擔心他會不會不想與我相認呢？不該是這樣的安排，我急忙地向飯店人員確認剛剛那位男士的姓名，沒錯，就是他。」我一口氣說到這裡，妳則是急得像個孩子般地追問：「然後呢？然後呢？你們到底有沒有見到面？」我笑著說：「妳猜他怎麼樣對我的？起先他不想見我，後來是我請櫃檯人員撥電

話到房裡找他，他說叫我等他一下，然後過了好一陣子才下樓來與我相認，帶我到紀念品販售區，叫我挑個禮物，說要送給我，他沒有多和我說什麼，只是看著我微笑。」

「就這樣？這就是你們的初次見面？」妳瞪大著眼睛問我。

「對，就這樣，之後還是我和他說可以抱抱你嗎？因為我必須要走了。他說可以。然後一個擁抱後，我們就分開了。」我笑著對妳說。

「這……後續應該還有發展吧？」妳不甘心地懷疑起這事的離奇曲折，還用一個充滿不信任的眼神射向我，好讓我能多揭露一點關於這段愛情故事的細節。

「回到台灣後，我向他提起見面的感受，他說：『難道妳不知道這位男孩在轉身之後便回家痛哭了嗎？』我在電腦螢幕前也心痛地哭了，因為他說他無法帶給我幸福，印度這個國度的風土民情是非常不看好異國婚姻的，再者，他的父母對於他的婚姻早有安排，他已被安排好要迎娶的女孩，父母的媒妁之言有如聖旨般不可違抗，而這些都使他悲從中來。他說他非常愛我，但他不知道該怎麼表達見到我欣喜以及他對我的愛意，只是說著見到我很開心，然後也只能再看著我慢慢遠去。」我無奈地又點了一根菸，繼續和妳說下去。

「這也太難受了吧！兩個相愛的人卻無法在一起，還要眼睜睜地看著他去娶別人，妳也願意嗎？」妳激動地乾掉一杯酒，宣示著真愛就算需要搶奪也得勇敢追求。

「其實，他要結婚前，有飛來台灣找我，就只為了一件事——他站在我的面前對我說：『我明天就要結婚了，但是，我和未婚妻說我愛的是妳』，其實他想當面告訴我他愛我，但是我當下聽了非常生氣，於是憤怒地打了他一巴掌，我請他好好對待她，而我們之間不需要再說愛了，畢竟我們的愛溢於言表……」說到這，我猛地灌了一杯酒，那一幕的情景彷彿還在昨天，明明他已死去，但那一巴掌的刺痛竟還會在我手心產生餘熱，說越多關於他的故事，我就越容易透顯出羸弱的樣貌。

「我的天啊！這到底是什麼愛情？怎麼可以如此深刻？這算是心靈上的緊密契合嗎？這些年來，你們經營各自的婚姻，怎還能在心中鞏固住對方的位置？而妳為什麼要這麼自責？為什麼妳要說是自己害死他的呢？」妳回過神來，問了這個問題，讓我的心再度墮入深淵。

我想起和他最後一次的聯繫，當時我生活狀況不穩定，人在異地創業，踏在不屬於自己故鄉的國家土壤上，顛沛流離地應對各種現實問題，我的情緒變得急躁焦慮，他很關心我，我也很想他。當時，他建議我不如透過事業去協助他，讓彼此有個照應。很多原因讓我想拋

下一切帶著孩子去印度跟著他，我也開始期待自己的人生下半場，雖然沒有辦法和他長相廝守，但至少可以與他共事，間接地共度未來，還能強化我人生的存在感。

當我整頓好思緒、調整好生活步調的時候，他竟那樣自私地向我傳來了張自殺照片，問我人生該是如何？我被他氣到了，我的人生向來是倚靠堅持與夢想，踏實平穩地走，當寂寞與無助來襲時，心靈伴侶可以讓自己再度屹立於風雨之中，不被吹飛摧毀。然而，他竟想自殺，他竟是這麼不負責任地想逃避，於是我冷冷地回他：「好啊！這就是人生啊！」我生氣地對他說了氣話，誰知道這句話就此終結我倆相愛的時空，再無交集。

後續，一直沒有他的訊息。我打開電腦，登入一個網路音樂平台，搜尋他的身影，音樂曾是我們共同的興趣，那裡還埋藏了我們浪漫的詩意。如果可以等到他的回應，我們是否還會聽同一首歌〈月亮代表我的心〉？這首伴他度過無數夜晚的戀曲，他曾說過我喜歡聽的歌感覺都不太開心，唯有這首能讓他唱出對我的愛意。

他說：「人生在世，擁有金錢不代表成功，成功應該是生命有故事可以向世人訴說。」而我們的愛情樂章，旋律如輕舟飄揚、悠悠晚霞、柔情朦朧的靜湖倒影，每當偶然相遇時，就會激起波瀾壯闊且無

邊無際的美景，我和他在相隔兩小時的時差中錯落地歌頌著愛情的美好。

當我沉溺於音樂等待他回應時，有人傳訊息給我：「不用再找他了，他死了。」剎那，我腦中浮現了一句話「沒消息就是好消息」，這是什麼屁話！沒消息這麼久，結果換來的是一句「他死了」？！我很難相信他就此離開了我？這種玩笑有點超過！然後，下一秒我想起那張照片，等等，那⋯⋯那是什麼意思？我急忙翻出他家鄉的電話，這通十萬火急的國際電話是他妹妹接的，他曾說過會把我的聯繫方式都留下來，只為了哪天能為我的出現做準備。他妹妹對我說；「請問你們有金錢上的往來嗎？」我壓根兒不想回答她任何問題，我只想知道──他是什麼時候死的？他怎麼死的？而前些日子說要一起努力的未來⋯⋯如今為什麼變成這樣⋯⋯我重新思索那時的他說話的語調，好似有些惆悵。只是當下我是那麼堅強地活著，就是為了要鞏固兩人的心靈堡壘，但沒想到竟是在那時候就已瓦解，我卻渾然不知。

透過電話，我和他妹妹合對著他生前與死後的日期，這讓我再度崩潰。7 月 25 日是他的忌日，打開那張照片的檔案查看傳輸日期，果然是同一天！原來，我是他最後見到的人，當我全盤透徹這場愛情悲劇的時候，已經過了三個月。

親愛的，我和他的愛情無人可比。

我想，再不會有人像他一樣愛我了。

他的名字叫「Samir」，來自印度，是我一生的摯愛。

或許，妳能掌控愛情的濃淡，但妳無法操控生命的劇變。對於這場轟轟烈烈的愛情，我還是有所保留，妳雖無法感同身受，但那一刻，我們的眼淚騙不了人。我注重的心靈伴侶異於常人，他可以完全沒有實體，但精神卻能陪伴我數十年。當他成為我的現實後，我即可告訴妳什麼是「愛」。

或許，妳可以滿足於各種刺激感、新鮮感，但妳不可以輕易對人說愛。如果，妳輕易地說出愛人，那麼可貴的愛情將會飛散，通常最簡單的三個字，往往是最難以啟齒的。

愛人與被愛通常沒有規律可言，但生活中的一切都是由愛創造，必須更仔細地觀察愛的表象及本質。

我還在自癒，希望妳也能懂得珍惜並活在當下。

我收到了妳的食譜書，它是非常棒的禮物，記得回來時給我一句問候，多來店裡吃飯，我等妳。

別再偷哭了，好好珍惜身邊愛妳的人，愛妳。

謝謝妳來做我的女兒。不管發生什麼事，出門在外都要小心。

我愛妳！

「喂～～爸，你在哪裡？你快回來，快點！他們又來了。你什麼時候到家？他們要找你。你快回來呀！」電話那一頭的人像是躲在暗處，音量特別小聲，語氣透露出她的害怕。

「好，我已經在回家的路上了，妳先把門鎖起來。奶奶呢？」我不能增添妳的緊張，必須冷靜地回覆並安撫妳。

「奶奶還沒回來，我一個人在家，他們剛剛踢鐵門，對我大吼大叫，還知道我的名字和學校，甚至連我的座號都知道。爸，你快回來呀！我從門縫看到有四個人，他們手上不知道有沒有拿東西。爸，你回來要小心喔！」

「好，妳千萬不能開門，也不要說話。」我將油門踩到底，因為我必須趕回家保護家人。

這段恐怖的回憶，至今想起來還歷歷在目。

「女兒，妳好嗎？」我好久沒有聽見妳的聲音了，近來似乎有點異常，沒收到妳報平安的電話，總覺得心裡不踏實。雖然妳遠嫁異地，偶爾會捎來孫女的照片和我聊聊生活樂趣，但是最近妳是去了哪裡？怎麼像忽然消失了呢？這種感覺有如當年妳的不告而別，讓我感

到相當心急。

「她在我這邊很安全，明天就會回家了。女兒也已經長大了，你別擔心。」那年妳十六歲，半夜偷溜翹家，妳媽媽打了電話給我，跟我說妳大半夜坐車去找她，我那時真的擔心死了。我知道妳從小就恨我，因為想要見上媽媽一面很困難，而我怕妳成績不好，總是用考試名次來限制妳和媽媽見面的次數。

青少年時期的妳脾氣特別硬，很多事情都聽不下去也聽不進去。每每吵架妳就關上房門，然後接連好幾日，我們幾乎不說話，僅靠塞小紙條在門縫進行簡短的告知，而紙條的內容大抵是一些學校急需繳錢一類的訊息。我會把錢放在餐桌上，順道回覆訊息試圖表達關心。在妳的成長過程中，我們很多時候都是靠著紙條來傳達彼此的感受與情緒，原以為這是妳喜歡的溝通方式，所以我勉強地配合著，然而，如今回想起來，我竟是如此後悔，為什麼我沒有試著調整自己的生活作息，花些時間去聽聽妳當時的風光事蹟，也該撥出空檔與妳一起出國旅遊。

身為妳的父親，我從未主動去認識妳，反倒自負地過著生活，我該為帶給妳寂寥無助的成長過程向妳說聲抱歉。

那時，我內心非常難受，為了家用生計總是早出晚歸，雖然同住

在「家」裡，卻很難和妳吃上一頓飯。妳可能不知道，有時候我會輕輕推開妳的房門看看，如果沒有上鎖，我便能看到妳熟睡的臉龐，有如天使般的無憂無慮，而我站在門邊微笑，這種單向的親情寧靜，可以使我內心平靜且有所寄託。

我知道妳一直想離家出走，不想見到我和奶奶，妳情感的壓抑，無人可以輕易解開。當時我忙於工作，沒有及時給予妳正確的指導與關懷，讓妳從小在一個不整全的家庭中長大，造成妳的內心創傷而身心俱疲，我知道自己無法彌補過去的不足。

反觀妳現在已為人母，心理與生理都產生了很大的轉變，我們共同經歷生活中的困頓，學著讓彼此越挫越勇，然後懂得更珍惜身邊的親人。

爸爸現在回歸信仰的擁抱，我們都不再孤單，都擁有了不離不棄的陪伴。

妳非常獨立，因為家庭環境的關係，造就了妳心智的堅強無懼，妳一直嚷嚷著畢業後要去外地工作，我和奶奶都無法阻止妳。妳收拾細軟的動作是那麼簡潔有力，看似完全不想再多待在這個家中，我內心惆悵良久，總暗自感嘆自己是一位沒有擔當的失敗爸爸，沒有能力照顧好一個家庭，自卑心讓我在妳面前久久抬不起頭來。

那天，我們開著車一路向北，準備和妳一起安頓好妳的生活起

居。那時，我搖下車窗，讓自然的暖風吹拂妳的臉，妳知道我為什麼要這麼做嗎？因為我希望妳能體會到大自然的柔情，希望陽光與微風能使妳心中的恨意飛散遠去。讓妳這麼辛苦地長大，我的悔意無法直接地向妳闡述說明。

當日我留宿一晚，其實翻來覆去、徹夜未眠，總懷著難言之隱——其一是不敢放手讓妳高飛，另一是不想阻礙妳追尋光明。妳現在必定能理解與孩子分離是如此萬般煎熬，因為親子之間是無法割捨的血濃於水啊！

老爸要和妳分享一段聖經故事：彼得進前來，對耶穌說：「主啊！我弟兄得罪我，我當饒恕他幾次呢？到七次可以嗎？」耶穌說：「我對你說，不是到七次，乃是到七十個七次。」（馬太福音十八章21-22節）

這段故事讓我在生命中得到完全的饒恕，我期許著未來道路上的各種鼓勵與支持。老爸在這段時間回歸信仰，讓心靈敞開有如流水，學會如何去愛自己並寬恕自己，也學著願意張開雙手去愛別人。我特別感謝妳願意重新接納我，沒有仇恨地放下過去的種種。

我曾在知命之年對妳說：「我愛妳。」妳還記得嗎？當時家中忽然失去一位親人，大家都沉浸於傷心的情緒中。白髮人送黑髮人的奶奶隱忍著喪親之痛，看得我萬分不捨。那時，心中有股聲音，一直要

我打通電話給妳，眼看時間已經是午夜十二點半，深怕妳已熟睡，但滿腔炙熱的心意促使我還是堅持著向妳說：「我愛妳，寶貝女兒，爸爸真的很愛妳。」妳在電話的另一頭回覆：「我也愛你，老爸。」透過這通電話，我們傳遞給彼此一份最真摯的感動，就像小時候，妳最常掛在嘴邊的那種愛意，純潔天真、乾淨無暇。

　　「爸，你今天辛苦了，特地搭車來和我們吃飯，下次換我們回去就好，別跑來跑去了，明天你還要工作，這樣很累耶！」我知道妳擔心我，但是，自從有了可愛小孫女之後，我就好喜歡來看妳們，我一

點都不覺得累呀！現在交通這麼方便，車程一個多小時就到了，壓根兒都不覺得累呢！

我有感而發地告訴妳：「女兒呀！妳要知道，我們現在是到了見一次少一次的年紀了……」人年紀越大就越懂得珍惜身邊的人事物，因為光陰一去不復返啊！所以，我們要享受有限時間內的種種樂趣。

妳看我每次搭車都只會帶上一本書，兩袖清風，多好呀！而我發現這是一種遺傳基因，因為妳也是愛閱讀的人，當然，老爸比妳厲害得多，因為我在圖書館內的借閱紀錄向來都是榜一呢！而這種好習慣就應該要繼續傳承下去，妳要多帶孩子接觸書籍，讓圖畫和色彩刺激她的靈魂之窗。上回送給孫女的生日禮物就是兩本寓言故事集，妳有讀給她聽了嗎？

還記得妳小時候是那樣優秀，愛說故事，還可以自編自導自演，正因如此，妳五歲時擔任了幼稚園在校生致詞代表，畢業時也當選了畢業生致詞代表，我和妳媽媽都覺得非常驕傲。我們沒有特別教育、訓練妳演說，但妳的口語表達能力竟可以獲得眾人肯定，就這樣一直到國小，妳開始接觸演講培訓，參加無數次演講比賽，台風穩健、話語流暢，我們都為妳驕傲，也感到非常欣慰。妳有自己的想法，能夠勇於表達，親和力十足，還散發著愛的力量，在我們心裡，妳有說不完的優點，而這就是父母的愛──孩子不管怎樣，都是父母心中最棒的。

「爸，你看！你看妹妹可以自己玩拼圖了耶！而且還是六十片喔！」上回妳高興地傳訊息給我，附上照片向我炫耀、跟我分享。拼圖遊戲可是我傳授給妳的呢！在妳國小時，妳房間有個小角落總是用來堆放拼圖，有裱框的成品，還有即將完成的半成品，而我們常常會為了如何為拼圖們分類起爭執，因為，妳通常是找形狀核對，我教妳使用顏色區分，但那時的妳一不高興就動手打壞我們辛苦了三、四天的成果，我也是啼笑皆非。

看著孫女厲害地自己拼拼圖，這是一種傳承的感動，老爸感到很欣慰，因為妳總是能把良好的習慣和優秀的能力交給下一代，這就是最好的親情回饋。如果有機會，希望妳也能讓小寶貝認識信仰，使她從小就能讓愛注入心靈，讓神能給她更多的關愛與陪伴。

老爸在南部的生活非常簡單，雖然上班時間較晚，薪水也不如從前精英階級的收入，但我心滿意足地從事服務業工作，每天和許多陌生人接觸，這是一種賣勞力卻能帶給大家歡笑、熱情的互動性工作。笑容總是能暖化現實社會中的冷漠，或許連最基本的「請、謝謝、對不起」也透露著人們的關懷，所以，妳不用擔心我，工作之餘我會鍛鍊身體，我很喜歡在下班後騎腳踏車享受城市的變化，呼吸著我們南部濃厚的鄉土味。

「老爸，下星期我自己回南部和你吃飯。」這通電話來得真是神奇巧妙，我還在想，好像已經有兩個月沒見到妳了，而妳卻自己打電話給我，看來妳也是想老爸了吧！

「好啊！妳要自己來嗎？當天來回？坐車還是開車呢？」父母總是熱切地表示關心，每問一個問題就是為了確認好各種細節。

「我自己回去，想和你吃頓飯。」妳這段話語讓老爸覺得很奇怪，為什麼是妳自己來呢？怎麼不是全家一起來呢？還是……妳有什麼重要的事情要跟我說呢？我揣測了很久。

那天，妳帶我去吃法式料理。說起來，我現在從事的工作就是餐飲業，吃美食時總會表現出些許的職業病。我們感受著餐廳氛圍，討論著商品售價，光是點餐就花上好幾分鐘，總是遲疑而難以決定。

同行往往詬病客人是在拆解成品的組合，論斤論兩地捉出藏在細節中的魔鬼，然後覺得被商人騙，在吃到令人嘖嘖稱奇的特殊口味時，又總是先追著價錢直說要划算點。

其實，吃飯的學問在於品嘗，和什麼人吃或是吃了些什麼都會成為人們難以忘懷的回憶。

「爸，我前陣子和弟弟出去吃飯，他有問起你。」妳忽然說起「弟弟」，讓我的心顫抖了一下，湯匙也停止擺動。我知道長大後的你們感情變好了，但是，我知道這孩子打從心底不承認我是他爸爸，

這件事一直擱在我心中，而這回聽妳這般說起，我產生了不同既往的反應。

「喔？問到我？他問了什麼呢？」我稍稍平復內心的期待與悸動，好想知道這孩子的心中是否有我的存在。

「弟弟問我：『爸爸有愛過我嗎？』……」感謝主，我當下真的好激動，不知道妳有沒有發現我的眼眶已經紅透，內心的感恩好似流動的琴聲，揚起了順暢悅耳的曲調，然後跳躍的音符們環繞著我。

「那妳怎麼說？」我萬般期待妳到底會怎麼和妳弟弟說，妳能懂老爸對兒子的心情嗎？面對兒子，那我未能守護好的骨肉，也是埋藏在我心底深處的遺憾。

「我說：『當然愛！而且可能比愛我還愛唷！』哈哈～～」妳能這般回答真的讓我感到非常欣慰，我除了開心以外，還覺得要特別地感謝妳，謝謝妳一直幫我和這孩子搭起情感的橋樑。好幾次過新年，我都只能委託妳拿紅包給弟弟，而我和他始終沒能好好吃頓飯，更沒有彼此的電話號碼可以通聯，表達關心和慰問。這些年來，都是透過妳，才漸漸地開啟我和兒子之間的父子之情。老爸很欣賞妳的理性與知性，更喜歡妳性情中帶著的那些感性，也因為妳有這樣的特質，才有辦法解決人們最難去正視、面對的尷尬情景，老爸很感謝妳，真的，我很謝謝妳。

　　這些日子，沒有妳的消息，我將這一切放進禱告之中，求主耶穌給妳最明亮的燈罩，給妳最安全的守護。如果妳是暫時拋下一切去尋找另一個自我，或是生活上遇到了麻煩而不想讓家人擔心，所以選擇暫時自我封閉，這一切都沒有關係。老爸只想告訴妳，我們都沒有被遺棄，不管是親人還是朋友，我們的無助與軟弱都是日常，情緒的壓抑總是讓人活得很焦慮，變得患得患失而沒有笑容。但妳必定要知道，不管擁有什麼信仰或是什麼心靈寄託，這一切都是給妳指引與讓妳依靠的，不要用迷信來論述我。身為妳的父親，我會更勇於表達對子女的愛，並且會陪伴、教育妳走過一切的低谷，讓愛永恆長存。

　　謝謝妳來做我的女兒。不管發生什麼事，出門在外都要小心。
　　我最親愛的女兒，「我愛妳！」

人若越懂得知足，就越能明白內心深處有塊潔白純淨的田地。

別在意他人的眼光，盡情地享受當下吧！

我可以不要再做惡夢了嗎？可以好好地生活，像大家一樣過正常的日子？可以規律地上班、下班，甚至和三五好友去約會喝茶聊天？或是，可以交到男朋友？然後他會和我一起去看電影、逛街、旅行，怎樣都行！

我真的只有一個願望——請還給我一個正常的生活，好嗎？在我的生長環境中，「自尊」是什麼？我不知道。我已習慣活在包裹著貪婪糖衣的謊言中，它讓我輕而易舉地擁有上好的物質享受，漸漸地，誰能不眷戀這種有如被嬌寵的貴婦般的生活模式呢？

還記得，我在第一天收入上萬時，打了電話給妳。

「親愛的，晚上出來吃飯，我有禮物要送給妳。」

「蛤？為什麼要送我禮物？我……生日還沒到呀？」妳非常驚訝地問我。

「我知道，我知道，反正，晚上妳下班後，我們約在 X-City 廣場前見。」妳一定要來啊！我們不見不散。

我不管妳怎麼想，當下就是一股衝動，覺得一定要第一個向妳分享我的喜悅。那晚，我們吃完飯，我帶妳去逛街時跟妳說：「親愛

的，妳隨便挑一件，不要看價格，我買單。」我知道妳很喜歡 Miss Sixty 這個義大利衣服品牌的風格，只是它們價格不斐，妳總是只看不買。但我知道妳能駕馭這種既潮流又有個性的打扮，彷彿這些衣服活脫脫就是為妳量身訂做那般完美無瑕，所以，我心甘情願地買下了最貴的那件洋裝送給妳。那晚我們所有的花費雖然都由我支出，但我內心卻格外地快樂而滿足，只因看見妳的笑，故而由衷感到欣慰，能夠和妳一起體會有福同享，原來是這樣子的美好。

「喂～～妳哪來的錢啊？怎麼回事？妳是……中樂透嗎？」我知道妳一定會問我這個問題。

「哈哈哈哈哈～～妳好聰明喔！居然猜對了，我中樂透了，中了大獎～～超級大獎唷！」我順著妳的話說著。

「真的假的？別騙人了，妳老實招來！妳怎麼會忽然有這麼多錢？」我知道妳很了解我，也很擅長察言觀色，只是那時我真的無法向妳啟齒真正的原因……

於是，我轉移話題，不想正面回應妳，只因為我不想讓妳知道我光鮮亮麗的外表下所隱藏的黑暗與心酸，也不想破壞那天我們的幸福和快樂。

如今，我終於鼓起勇氣，得向妳坦白一些事，這將會揭露我那段不堪的過往。我用很長的時間去淡化，也試著想要去遺忘，好幾次我都想不顧一切地對妳訴說，但我總是會陷入惆悵低潮。我私下練習過

無數次，用不同的語氣講著不同的說辭，都只為了能在妳面前說得更坦然無愧，但我竟是直至今日已連繫不上妳的時候，才敢藉著文字表達。無論如何，我希望妳不要看輕我，希望妳可以換位思考，希望妳可以理解我當時的難言之隱，也希望妳可以寬恕我至今都鼓不起的十足勇氣。

這十幾年來，妳常聽我說我有個有錢的男友，對吧？其實，他是我虛構的，根本沒有這號人物，對不起！我騙了妳。因為我只能用更多的謊言來圓我之前說的謊，進而讓嫉惡的言詞不至於打擊我的玻璃心。大家問我為什麼不用上班就能擁有上千萬元的收入，我總是笑著不說話，那些錢其實是我從事八大行業賺來的收入，我又能怎麼跟人說？我知道人們會從旁打聽我的私生活，但我只能盡我所能保密，不讓任何人知悉察覺。畢竟這種每天都在和惡魔交易的日子有如黑洞深淵，妳可能無法想像在入夜之後，我就必須披上另一套服裝、戴上另一種人格面具去扮演另一個人，而「她」就這樣淪陷在社會的泥沼中，從事性行為，用肉體進行交易，以獲取更好的生活。而這種用身體換取金錢來滿足種種慾望的日子，連數鈔票的表情都那麼面目可憎。

「她」曾有天使般的笑容，但是沉溺在這種狀態中一久，早已被踩躪摧毀。「她」也曾渴望過男人會對自己說幾句體貼關懷的慰問話

語，可惜那些話語都需要標上金錢價碼，讓「她」出賣靈魂用身軀去交換。

販賣自己肉體的生活被我窩藏了十多年之久，我原有的靈魂早已失魂地被綑綁在極深處的囚車中，原本單純的青春少女因一時的好奇心而迷失在物欲的世界裡，最終竟變成愚昧昏庸、只為賺錢的冷血性機器，甚至這已成為「她」毫無目標的生存模式或生活習慣。而人們所謂的「同理心」，或許只能在從事同種行業的人們那些稍微會釋放出一點憐憫的眼神中窺見，但他們的眼角餘光則會透露出「社會就是這麼現實，妳也無可奈何」的態度。

這種生存模式反而讓我越來越懂得去珍視生命的可貴，這話聽來挺反諷的，但就是這樣過下來了。妳知道我後來養了一條狗與三隻貓嗎？曾聽別人說過「養寵物可以療癒心靈」，所以我不停地尋找和我合拍的生命。因為怕麻煩的個性，原本只想養一缸魚，看著水中綺麗世界，幻想自己就住在裡面，像魚一樣自由自在，也像金魚那般不擁有長期記憶地活著。可惜，我不甘被養在玻璃缸裡，就像我養育了十幾年的黃金獵犬，我們都需要草地，需要更多陽光、更多空氣。牠就像我乖巧的女兒，帶給我親情似的陪伴。

近來，牠老了，我感覺自己快要失去牠了，這時我才開始想起我的親人以及他們和我的關係。為什麼他們和我沒有比狗和我來得親暱

靠近？我總在夜闌人靜時想起我死去的母親，她從年輕時就被父親惡言相向，沒聽過父親一句讚美的話語就離開了，父親總是污衊母親的人格，用無中生有的事來謾罵她、數落她，我們母女倆一直活在充滿言語暴力的家中，所以每每聽到〈甜蜜的家庭〉這首歌，我都會默默落淚。長大後，我流淚的次數越來越少，不是因為我變得幸福了，而是我的內心越來越封閉，自我也越來越麻痺，我知道自己越來越會佯裝強大，而這種表面功夫我也越做越好，只為了不讓他人再扯破我的玻璃心。妳曾問過我：「妳開心嗎？」我不知道，因為，我總以「生存」做為藉口，不想正面處理自己的痛楚，不願直接解開自己的枷鎖。至今，我慢慢體會到生存與生活的差異，漸漸勇敢地去正視一直不敢向人提起的過去，我終於願意承認它們的存在，並讓它們與我的生命共存。

「親愛的，妳好嗎……」

我知道妳的習慣，總在熱鬧喧嘩後獨自轉身離開，似乎喜歡與世隔絕的感受。很多人斥責妳不解風情、不懂人情世故，或是指責妳不該如此自私，表示人與人之間的交往必須有所交流，方得使大家安心。可我不這麼想，我了解妳，我知道妳和我一樣，內心缺乏愛卻又渴慕著愛。環境使我和妳呈現出明顯的對比——我在沒有愛的世界裡尋求被愛的感受，而妳活在被愛之中卻對愛的定義產生迷惘。

寶貝，我成長了，和以前不一樣了，所以，換我來告訴妳吧！我領悟到愛與被愛同樣可貴，這些並不是我憑空想像的，都是我從「生活」中淬

鍊出來的，也因此，我必須向一直愛護我的妳說聲「謝謝」！

「我現在搬回我爸家住了。」

「現在？！妳爸……真的？！」

「嗯！」

「好呀！多陪陪他。」妳沒有繼續追問我，只丟出一句具推動性的話語。

妳的眼神沒有質疑，反倒讓我願意多說一些原因。妳信任我的決定，明白我有我的原因與難處，更懂我內心是百般地不情願。畢竟我的母親到斷氣前都哭聲淒厲地埋怨自己，自貶為不好的妻子，覺得是自己沒有好好伺候丈夫，才會淪落到如此境地而被人惡言相向，所以她總說自己死有餘辜、死了也是剛好而已。母親這席話聽在我耳裡，

我對她這種荒謬的思想及怨氣，至今仍無法釋懷。

「搬回家住的話，寵物們都還好嗎？那……妳呢？有和爸爸說說話嗎？」

「嗯，寵物們都陪著我。唉～～和他說話是一定有的啊！只是，妳也知道他就只會罵人，難道還會說什麼好聽話嗎？算了吧！但我也不會跟他計較、不會太放在心上了，因為……他生病了。」我說得坦然，其實心中格外感傷。

「生病了？這……嚴重嗎？所以妳是回去照顧他的嗎？」

「對呀！生病了……我其實也不知道為什麼想搬回去和我爸那種狗嘴吐不出象牙的人同住……所以，只能開啟把他的話當做耳邊風的模式，不多加理會囉！」

「好好珍惜回家的感覺吧！像我就沒有辦法住在家裡……妳現在必須好好地多和他說話，可能他都是用惡言、不中聽的話或反諷的言論來表達他的關心吧！他不懂得如何使用軟性的言語進行闡述，所以多體諒他一下吧！」妳的這段話，讓我找到另一種情緒的出口。

其實，我知道妳想化解我對親生家庭的仇恨，而我既選擇回家就已放下不少過往，我開啟了內心深處極其渴望的親情探索，勇敢地張開雙手迎接、擁抱我的家人。妳知道嗎？當時我是靠著信仰，裝備好我的心，明知道待在家中的日子會讓我經歷一場生離死別，但因為父

親病重，更因為他是我父親，所以我選擇回歸。我親自餵他吃飯、親自幫他更換尿布，再日復一日聽他滿口的抱怨：說自己活得夠久了、當夠久的無名小卒、有夠多沒人賞識的遺憾……我總是面帶微笑地照料他的生活、照顧他這個老頑童，他就像吵著要糖吃的孩子，雖然明明就是個古稀之年的七十歲老頭，但吵鬧時、抱怨時所說的話語都還是那麼鏗鏘有力。

　　在他生命最後的這一里路，他牽著我的手說了聲「謝謝」，這句話來得好晚，卻特別珍貴。這句話使我釋懷了過往的種種，鬆動了我心底的仇恨，之後，我握著他的手與他道別，我接受天使們帶走他的肉體，因為我已保留了他的靈魂。當時我低下頭，沉重地嘆了口氣，心想著若時光可以倒流，請讓我重回他視我為珍寶的兒時光陰吧！那時候，他每天下班回家就會把我抱起，溫柔地說著：「爸爸愛妳」，再將我最愛的小熊軟糖遞給我，逗我開心，我總是特別懷念那段短暫的父女溫情。只可惜光陰似箭而人世滄桑，如今人去樓空，我心中感慨萬千，但也幸好，最終我重新認識了所謂的「父愛」，也發掘了爸爸的另一面。

　　「嘿！妳好嗎？明天下午有空嗎？好久不見，是時候出來一起去喝下午茶囉！」妳主動約我，讓我非常開心。
　　「嗨～～寶貝，明天我不行耶……我要回老家一趟。」

「是唷！怎麼了？」

「還記得我哥嗎？我哥回來了，這陣子都在照顧他，所以比較忙。」這件事情，我還沒有和任何人提起。然而，我現在僅存的親人就是哥哥了，雖然我們從小感情就不是很好，年紀還有些差距，而他繼承了我爸那種怪異的性格，甚至在父母生病或離世時，他幾乎都沒有回家探望過親人，這可能就是大家口中說的道德淪喪吧！但是……他終究還是和我有血緣關係的「哥哥」啊！

「妳哥！我知道呀！他怎麼了？」

「嗯……他得了癌症，目前正在進行化療。他變得很瘦，大概就是『皮包骨』那個樣子！老實說，看起來有點恐怖……」

「喔～～所以……現在妳是留在他身邊照顧他的生活起居嗎？」

「對呀！很累耶！我哥現在生活起居有點無法自理，有點尷尬，因為……我還要幫他清理排洩穢物，唉～～怎麼我不是個男的啊！唉～～」

「好啦！辛苦妳了，是說他有沒有像妳爸那樣亂罵人啊？」

「說真的，他那死個性還是沒改。有一天，我真的受不了，我打理他的生活起居，每天把屎把尿，結果，他不但沒有感謝還一直把我當下人般地使喚。我忍無可忍，就對他大吼——現在爸爸媽媽都不在了，我們除了彼此之外就沒有其他親人了，你不覺得應該要好好珍惜對方嗎？要不是我是你妹，根本不會有人要來管你的死活！氣話說

完，我就……把尿布直接丟在地上，生氣地走掉了。」

「是喔！他活該被吼啦！都幾歲的人了，他都不知道妳是怎麼苦過來的……」

「然後他可能是第一次見到我這麼生氣，外加他自己理虧、面子掛不住，之後打電話給我就沒再大呼小叫了，反而還有點低聲下氣地請我幫忙買食物，最後還小聲地對我說謝謝呢……」

面對我哥，妳我曾同仇敵愾，我們一起大罵他的不是，很有默契地唱雙簧數落這位癌症病患。現在想起來覺得我們好像很沒同情心，但其實，妳我心裡都明白生命無常，尤其是當親人陸陸續續從我們身邊離開……

曾經我活在紙醉金迷的虛假世界中，近來卻走向懂得知足感恩、品味柴米油鹽醬醋茶的平凡生活。從我爸到我哥，我正逐步磨練自己，學習「愛人」這道課題，連妳都說過我變溫柔了，我自己也覺得「成長」這件事是不會受到年齡限制的。雖然嘴上嫌棄我哥，也愛碎念照料他的這種生活，但我的內心因為無限的愛與包容，變得更加強大茁壯。我體認到同理心不只是心境上的認同，還包含與當事者一起去面對現實及生活中的種種考驗。我哥終於妥協並開始接受藥物治療，他也願意打開雙耳去聽取他人的建議，同時，我發現自己充滿了正能量，我和他會有這些轉變，或許都要歸功於妳，感謝妳曾在我最

低靡頹喪的時候給過我的提點與陪伴。

「如果妳真的不想跟別人說話，可以試著跟上帝禱告。」
「我⋯⋯沒有信仰，這樣禱告還會有用嗎？」
「就把上帝當成妳的一位朋友，只是距離比較遠一點，然後不用管其他人怎麼想，妳自己心裡相信，很多事情就會因此有更好的安排。」妳說話的語氣是那麼肯定與誠摯，讓我無條件地相信了妳。

那天晚上妳教我如何禱告，妳說自己也沒有到很虔誠，只是我們都可以把禱告當成一種生活的調劑，不必刻意添加信仰思維，用自然輕鬆的方式與上帝對話、談天即可。因為我們都需要一位可以聆聽心事的對象，但有些事情又不方便被認識的朋友們知曉，然而有些人會害怕與陌生人接觸，也沒有勇氣打給「張老師生命專線」，這種時候就可以進行禱告。所以，我就⋯⋯照妳說的方式，和「祂」開啟了對話。第一次禱告時，我覺得自己很傻很笨拙，幸好是在自己家裡，如果在公共場合可能會讓自己看起來像個自言自語的瘋子。

四年這樣過去，我真心地感謝妳，牽起我與信仰的紅線，而這種感覺就像人們找到了心之所嚮的避風港。我漸漸發現「認知自己」是件大事，不靠他人的眼光來論定我是誰，而是我心裡明確而踏實地相信──我就是我，世界上獨一無二的我，如果我不能愛全部的自己，

就無法領略愛人的可貴，也無法接收他人的愛，所以，我需要認清並接納自己，包含那份因從事聲色行業而產生拋不開又放不下的嚴重自卑感。講什麼洗心革面，說什麼改過自新，或許都無法用來形容我的蛻變，我把自己比喻成破繭而出的蝴蝶，我要用更陽光、更美麗的心更踏實、更勇敢地過好往後的每一天。

親愛的，妳忽然沒了聯繫，我不擔心，只是想妳。希望妳能與「祂」繼續搭建友好關係，讓自己的心能有所庇護，我依舊感謝妳一路走來都那麼懂我，不管我展現出什麼樣的性格，妳都那麼無私地接納我，從沒想過拋棄我。這麼善良的妳，一定要好好地活下去。人若越懂得知足，就越能明白在內心深處有塊潔白純淨的田地，從中找回寧靜與信任，重新了解真正的自己，這會是多麼美好的事情！

如果妳也找到一處靜謐之所，就別在意他人的眼光，盡情地享受當下吧！

Love yourself more.

老一輩走過的路就跟著走，親身經歷過才懂背後的道理。

　　記得，多打電話回家。

　　「おばあちゃん　ただいま。」這是妳放學回家進門後的第一句話。

　　「お帰り。」我在廚房用日文回應妳。

　　「おばあちゃん　等一下我要去同學家寫功課唷！」妳不想在家吃飯時就會這樣說……

　　「飯已經煮好了，妳吃一點再出門啦！」怕妳肚子餓，一定要逼妳吃些東西再走。

　　「喔～～今天煮滷麵呀！哇！這是最好吃的，おばあちゃん　我要吃！我要吃！」通常看到滷麵，妳一定會吃兩大碗，誰叫滷麵是我的拿手菜。

　　奶奶住到醫院裡了，不知道妳阿爸有沒有打電話通知妳，妳會來醫院看我嗎？阿孫啊！我好想妳，很久沒接到妳的電話了……

　　我躺在病床上，想起妳以前回家後說的日文，從小教妳日文是因為想在家裡保留日本情懷，我接受日本教育，也很喜歡日本文化，所以我要你們這些兒孫輩的都叫我「おばあちゃん」，也就是日語的「奶奶」。

　　我年輕時就設定好目標：要帶每位孫子都到日本玩。如今，十一位孫子都和我一起達成目標、實現願望，而妳是長孫女，和我出去玩的次數最多，我最疼愛也最擔心妳，現在的妳過得好嗎？自從妳媽媽離家後，就是奶奶一手把妳帶大的，妳十八歲時離開家裡，奶奶總是對妳的生活充滿擔憂而提心吊膽。雖然，妳偶爾會打電話回家報平安，可是奶奶希望妳能常常回來陪我吃飯，更希望妳能再陪我去菜市場買菜，市場裡那位用腳踏車叫賣的叔叔都會問我：「妳阿孫回來了沒？今天要不要買糯米腸？我挑花生最多的留給她！」我都笑笑地回

覆：「你幫我留下來，等她回來再過來拿喔！」市場的攤販幾乎都認識我，每天早上到菜市場去和大家說笑是我最開心的事。

妳老爸現在都半夜才回家，他還沒有回來，我就睡不著，我總是坐在客廳裡，邊看電視邊等他。妳姑姑、叔叔還有很多人都苦勸過我，叫我不要這樣；而我知道妳對奶奶這樣的舉動也很不以為然，妳時常在電話裡大吼，要我不用等他，要我先回房間休息，妳說他都已經是五、六十歲的大人了，哪裡還需要老媽媽照顧……妳上次當面質問我，問我為什麼總要等他等到三更半夜？奶奶這就告訴妳：因為我是他的「母親」。母親等待兒女回家是天經地義的事情，這種親情的不捨，等妳有了孩子以後就會知道。這樣等著妳爸回家，我當然也會覺得累，有時，發現他喝醉酒，便會開始擔心他的身體，有時，他看到我在等他，也會發怒罵人，我則因此生氣地與他惡言相向。但是，「愛」就是這樣，總要確定他有平安回來，我才能心安，才能安穩地睡個好覺。

只是這次，我可能等到著涼了，覺得自己有點頭暈，身體也沒什麼力氣，打電話叫了計程車，司機是一位關係良好的鄰居，他非常親切，知道我膝蓋不好，不方便行走，便上樓將我牽入車中。

醫生跟我說，我必須住院觀察一下。奶奶覺得可能自己真的老了，行動已經不那樣方便，我是不是不能再帶你們這些阿孫們去日本

玩了呢？我心裡覺得很擔心也很難過。

「おばあちゃん　妳不用上來看我啦！我回去看妳就好，妳坐車不方便啊！」人在台北的妳很心急地回應我。

「奶奶不能去看孫女嗎？奶奶可以買敬老票，比較便宜，坐車沒問題的啦！」我很自信地說著，希望讓妳知道我的頭腦還很好，妳就放心吧！

「唉唷！坐車很累很麻煩耶！妳自己一個人的……那妳什麼時候來？我先幫妳看火車時刻表，到時候我會到車站接妳。吼～～妳真的確定妳可以嗎？」妳的語氣充滿了擔心。

其實，我知道妳很想念奶奶，只是妳既不好意思說，又很擔心我的安全。奶奶知道妳的個性，刀子口豆腐心，性子和脾氣都硬，一點都不像女孩子家。奶奶和妳說過好多次了，女生要溫柔一點，很多事情不要太好勝，也不要太逞強，但妳就是不聽話。唉！妳這脾氣啊！離開家裡之後，都不太和妳爸爸聯絡了吧！他不主動關心妳，妳就不會打電話給他？總要我這個老太婆居中扮演你們的橋樑。知道嗎？我和妳爸說我要去台北找妳時，妳爸還緊張兮兮地說要不要幫妳多帶點吃的上去，他也怕妳餓著了，所以，妳必須明白，妳老爸只是不懂得如何表達他對妳的關心，並不是不愛妳，反正啊！你們父女倆都一個樣啦！

阿孫哪～～妳現在過得好不好呢？奶奶似乎是生病了……

我記得妳還住在台北啊！還是妳住到台中去了？又或者是妳說有個認識的妹妹住在台中？是嗎？其實，這陣子我發現自己開始老化、退化了，頭腦昏昏沉沉的，記性越來越差，如果要想些事情就得要靠吃藥來控制。妳是不是前幾天有來醫院照顧我呢？還是妳還沒來過？但我記得之前和妳說過醫院的天花板上面有老鼠會跑下來的事情時，妳不是還生氣著對我吼，叫我不要亂說話嗎？

「窗戶外面有棵大樹，那邊是菜市場，從那棵樹走過去就會到我們家了呢！」

「我們住在三樓，外面沒有樹。おやすみなさい 妳趕快睡覺，不然護士就要來幫妳打針了喔！」妳感覺很無奈的樣子。

「為什麼要幫我打針？為什麼會有護士？我現在為什麼會在醫院裡？」我突然覺得很慌張，也搞不清楚到底發生了什麼事。

妳笑著說：「おばあちゃん 我們明天早上要去教會唱詩歌喔！趕快睡覺吧！」

我非常高興地回應妳：「真的嗎？那我現在馬上睡。那……我們明天真的會去禮拜堂吼～～有沒有新衣服穿呢？」

妳隨手拿起一件黑色棉質 T 恤，前面印有音樂五線譜的圖案，很好看！那件衣服我很喜歡。之後，我記得我乖乖地睡覺，當時，奶

奶躺在床上想起妳小時候都和我睡在同一張床上，我會教妳唱一些日本兒歌，妳唱起歌來很好聽，日文發音也很正確，那時候妳才六、七歲，真的非常機靈可愛。

奶奶記得最清楚的是，有一次妳做惡夢，睡到一半忽然起身坐在床沿，過了一會兒便轉過頭去撥打電話，我嚇了一跳，問妳在幹嘛？妳說妳要打電話給媽媽……

不知道妳是不是在夢遊？妳下一秒竟已躺好繼續睡了，看著妳眼角掛著淚痕的模樣，彷彿是哭著入睡的，這讓奶奶心裡好不捨。我幫妳蓋好被子，摸摸妳的額頭想讓妳安心，邊哼著〈搖嬰仔歌〉中「一暝大一吋」的旋律，邊看著妳逐漸熟睡的小臉。

然而，現在好像變成妳來照顧奶奶了。我啊！越老越不中用，膝蓋開刀後，雙腿就沒什麼力氣來支撐身體的重量，走路都必須慢慢的，最好拿輔助器幫忙，頭腦也越來越不靈光，總會忘記妳什麼時候回來過又什麼時候要回來……

對了！妳回家後有沒有開冰箱，我在冰箱裡放了妳最愛吃的「糯米腸」喔！奶奶特地買給妳的，要記得拿回台北？還是台中？妳現在到底住哪呢？奶奶希望能在清醒的時候，知道妳現在過得很好。妳能不能現在打通電話給我？和我說說話，好嗎？

阿孫，奶奶現在的頭腦常常會忘記很多事情。上次我們從醫院回

家後，妳小叔叔和妳說我會怕黑，所以晚上我不會亂跑，你們還說我會「夢遊」！我和妳說那不是「夢遊」，我只是晚上睡不著而已……

　　那是妳之前寫給我的紙條，上面有妳的住家地址。我睡到一半忽然想起來，我和妳說要上台北去找妳，然後妳會在車站接我，結果，我就進醫院了！可是，我的阿孫還在車站等奶奶啊！所以，我要趕快出去，不能讓阿孫等太久啊！

　　我慢慢地走到路口，攔了一部計程車，結果，奶奶忘記要去哪了？只好把紙條拿給司機看，結果，他居然載我去警察局，我真的很生氣！我和警察大人說：「我要去找我阿孫，這是她的地址。」

　　警察大人回我說：「阿婆，現在半夜三點多，我們先回家，早上再去。」

　　我覺得非常生氣，我和他說：「不行！我阿孫現在就在車站等我了，我要馬上去找她。」

　　警察大人問我住哪？我一時也想不起了，我只知道我要去找妳。然後，他們把我送回家，我流了滿身大汗，拄著拐杖走回二樓，真是又累又喘。我想著，等到早上再去搭火車好了。啊！奶奶出門時太匆忙，忘記帶鑰匙了，只帶了一個小錢包，所以，我站在門口按了好久的電鈴，終於有人來開門了。

　　咦？怎麼是妳？奇怪，妳怎麼會在奶奶家？我想不起來捏？妳那時候是住在家裡嗎？咦？妳那時候幾歲呀？

我很安心地和妳說：「喔！妳在家喔！那就好，那就好。」

「おばあちゃん 妳怎麼會跑山去呢？現在都凌晨四點了，妳一個人出去？妳跑去哪了？妳穿睡衣耶～～趕快進來啦！妳是要嚇死人喔！」妳很生氣地罵我。吼～～妳怎麼可以對奶奶這麼兇！還把我抓回家裡，怎麼可以抓著奶奶的衣服呢！

「我……我要去台北找妳呀……啊妳怎麼會在家裡？妳不是住在台北？」我想了一下，又看了一下自己身上穿的衣服，喔！奶奶想起來了，我剛剛跑出門是要去找妳啦！我想起來了，我剛剛有搭計程車，然後被司機載去警察局，警察大人又把我載回家啦！所以，這就是「夢遊」嗎？

對啦！我全部想起來了！妳和我一起出院，然後妳留在家裡照顧我啦！對，妳是和我一起回家的啦！妳罵我的時候，奶奶沒有說話，我只是靜靜地走回房間，在床上躺好。那個時候奶奶已經全部都想起來了，但奶奶只是覺得很難過，因為讓大家擔心了。我好像真的生病了，需要大家多花時間來照顧我，奶奶的個性特別不喜歡麻煩別人，大家都有自己的工作和事情要忙，結果還要安排時間來照料我這個老人家的生活。

後來，我從你們口中得知，我生的這種病叫做「阿茲罕默症」，奶奶第一次聽到，它真的好恐怖，好像會讓我忘記好多人、好多事情、好多東西。阿孫啊！這種病吃藥就會好了嗎？我心裡很不舒服、

很不開心，也很害怕。

　　阿孫，我也是後來才想起來，妳現在不住在台北，妳搬到台中有一段時間了。那時候妳和男朋友一起去台中打拼，看來已經有人照顧妳、珍惜妳了，這樣奶奶也能放心許多。那時候奶奶經常忘東忘西，我還記得，有次妳回南部看我，我們終於一起去菜市場買菜了，那時我教妳做一道料理——味噌鮭魚蔬菜湯，妳一直跟在我旁邊，不知道妳有沒有學會？我有看到妳拿著手機照相，還認真地做筆記。這是一道很溫暖的湯，我有指定妳要買某個日本品牌的味噌，而這湯最重要的精華在於「蛋酥」，一定要起油鍋到 160 度左右，可以先用筷子檢查是否有冒泡，如果筷子旁邊有起泡泡，溫度就是剛剛好。雞蛋很重要，奶奶都是買土雞蛋，土雞蛋的蛋黃比較香。然後，蛋液要打均勻，不要心急，將蛋液慢慢倒入濾網，讓它細細地注入油鍋中，這樣子蛋酥才會形成細條狀，筷子要跟著一起在油鍋中攪動，記得要分段分次炸，蛋酥也要趕快撈起，不然顏色會變得太黑，就無法呈現金黃色的模樣了，妳記好了嗎？這道湯最美味也最重要的就是這一味，而這鍋湯妳一定要學起來，將來再傳授給妳的孩子，這樣奶奶就會非常開心。

　　對了，忘記告訴妳，鮭魚的部分，最好是選擇用鮭魚頭來熬煮，如果妳用鮭魚肉片，湯頭的濃度會比較不夠！鮭魚頭很耐煮，而且可

以越燉越香。奶奶的這道秘密料理是一位日本朋友教的，是很道地也
很傳統的日式菜餚唷！妳以後可以煮給家人吃，這是什麼季節都可以
做的料理，既清爽又暖胃。奶奶不在妳身邊的時候，一定要學會照顧
好自己，知道嗎？

　　奶奶最後要想告訴妳的是，很開心能親眼見證妳的婚禮。謝謝妳
讓奶奶在還有力氣的時候看著妳出嫁，做新娘的妳真的很漂亮。從小
拉拔長大的寶貝阿孫終於嫁出去了，我真的好感動也好欣慰。

　　有時我頭腦不清楚，會把妳爸說成是妳大哥，因為我一直都把妳
當成我最小的女兒，也因為妳是我帶大的，所以我最了解妳。拜別
時，雖然妳媽媽有回來，但妳最捨不得的是奶奶，妳拉著我的手沒有
多說什麼，可是妳哭得特別厲害。只是新娘子不能愛哭，所以我跟妳
說要好好照顧自己。知道妳的成長之路有多麼辛苦，就算奶奶再捨不
得，也都真心希望妳能得到最棒的祝福，獲得最好的幸福。

　　阿孫，妳知道嗎？我最開心的那一刻，是妳拿著一張黑白小照片
說著：「おばあちゃん 妳要當祖奶奶了喔！妳看，這是我們的小寶
貝。」我記得你們後來有回南部看我，還和妳爸 起去吃火鍋，這好
像是妳趁妳老公去洗手間的時候，偷偷拿給我看的超音波照片。

　　「喔，這麼小一個呀！嗯！很好很好。」雖然我這樣回答妳，沒

有多說什麼，但奶奶心裡其實非常開心，看來我更能放心地讓妳去飛、去闖了。妳將要成為一位母親，妳也會開始體會、領悟我以前說過的話，很多事情就是這樣，我們老一輩走過的路，妳得跟著走、親身經歷過才會明白之中的道理。當媽媽很辛苦的，妳現在應該知道了吧！哈哈～～

「阿孫，明天是平安夜，我和妳說，教會有活動，很熱鬧唷！你們有沒有要回來呢？」我記得……我在打這通電話的時候，身體特別疲累。

「おばあちゃん 我會回去，但我最近感冒了，可能要過幾天才會回去，我怕把感冒傳染給妳，外加我現在懷孕，身體時常會不舒服……」妳的聲音聽起來有氣無力的。

「喔！這樣啊！那妳身體要注意，不要動不動就生病，這樣對小孩也不好，有沒有聽到？有空就多打電話回家，知不知道？妳爸有正常回家了，我們現在沒有吵架了，奶奶就先睡囉！晚安。」我迅速地掛斷了電話，因為我最近總覺得想睡，有好幾次看電視會看到睡著，吃飯也會吃到睡著，奶奶的身體真的大不如從前了，有越來越累的跡象……

奶奶有件一直很喜歡的洋裝，是妳結婚時我穿的那件，它是手工

訂製的，我保留它至今已有二十多年，我打算平安夜時穿它去教會過節。妳自己也要多保重，大家都要注意身體健康。奶奶每天都會為妳禱告，也希望我們的小寶貝能得到上帝耶穌的祝福。

　　奶奶知道妳在外地生活比較辛苦，也清楚妳的個性，凡事不要太勉強，很多時候自己要能想開一點，不要太固執。妳和我都不喜歡麻煩別人，但是妳看我，生病了還是會需要大家的幫助，所以，偶爾脆弱、示弱、柔弱一點都沒有關係，奶奶只希望妳能開心地過好妳的每一天，這樣我就覺得慶幸滿足了。

　　奶奶還是老話一句：「記得，多打電話回家！」
　　奶奶就先睡了……
　　不知道這會不會是最後一次和妳通電話了……

　　螢ちゃん、おやすみ～～

最難得可貴的情誼不是你儂我儂，

而是我們出現時能給足對方養分，滋養、灌溉著彼此。

「莊先生，你今天血壓最高是 204、最低是 131，脈搏在 86 左右唷！還是很高……中午醫生會過來和你討論接下來的用藥模式，你這狀況……還是沒有改善，是不是昨晚又熬夜打報告了？」

「哈！是呀！妳要不要幫我聯絡一下我那位沒人性的主管，叫他來醫院幫我收屍。」

「唉唷！身體還是最重要的，你先休息，等一下我過來發藥，要乖乖的唷！」

醫院的藍白色病床和棺材的大小差不多，也都是單人尺寸，躺起來似乎已相當習慣。面對死亡我依舊坦然，我和隔壁患者的換藥情況呈現了明顯的對比，他因難受而呼喊的聲量已經吵到我休息了。一位糖尿病重症病患因為一場意外的車禍導致右腿慘遭擠壓變形，我想，他這傷口恐怕難以癒合了。他換藥的哀號聲呼喚著我的同情心，治療皮肉之苦既勞心又傷神，我開始思索他的保險理賠現在處理到哪個階段了？怎麼都沒看到保險經理人來呢？我老是犯起職業病，我過往處理的交通理賠案件不下數百次，腦中一直兜轉著要如何與肇事者協商，相關理賠文件是否準備齊全，眼看這位患者一年內可能無法工

作，他的妻小、家人又該怎麼辦？唉！我總是放不下工作，責任感使自己總是跟自己過不去！我知道我就是這種性格改不掉，也不知道被妳唸過了多少遍。

　　我的血壓還在持續爬升，護士小姐非常關心我，總是徘徊在我的病床邊，唉……妳說說，她是不是被我電到了？因為我戴了新眼鏡？說真的，這新造型我一直不太習慣，總覺得自己最神秘、赤裸的靈魂都被看光了，而且我擔心的就是……會有更多辣妹愛上我！哈哈，妳也知道，我現在的外型不怎麼討喜，就是一顆小光頭，而妳說我看起來很兇，這話倒也沒錯，畢竟我不笑的時候真的很像討債兄弟。

　　那天和妳分享我的新造型前，我其實卻步了幾秒，有點想放棄讓妳知道，我嘆了一口氣，腦中突然浮現曾和妳說過的話——謝謝妳的出現，帶給了我活下去的勇氣。於是，下一秒我大膽地按下發送鍵，將照片傳送，好讓妳看清楚我的正臉。不出我所料，妳馬上回覆了一連串讚美文字，還貼了一個笑臉，進而開始開我玩笑。我看著手機螢幕，一邊淺淺地微笑著，而這氣氛讓我道出了二十二年前曾遭遇過一場嚴重車禍的經歷——那時候，我腦血管破裂，在醫院的加護病房中昏迷了三天三夜，差點變成一棵植物，然而，從此以後，我的右眼嚴重弱視。

「小妞，泰國的明信片，今天寄出囉！」

「好！」

「有二十年沒回來這裡了。」話雖說得自然，心裡倒有點無奈。

「哇～～感受如何？」

「沒什麼太大感受……就只是感慨。反正，我想要跟妳說的都已經寫在明信片裡了，妳自己慢慢看吧！」

「知道了，保重喔！」

相識的這十年，我們活在彼此的光纖網路裡，從妳單身到妳結婚生子，妳的生命歷程我也算是分秒鐘都與妳同在，祝妳幸福、願妳快樂一類的祝賀詞，我也寫過無數次，只是偶爾會想問問妳：「妳是否真的……很幸福？」

這些年來，我已習慣一張單人床，對於尋找人生伴侶，床的另一邊總是空盪。妳應該明白像我這種置生死於度外的人，很難擁有另一半。面對愛情，我看起來吊兒郎當，但我的愛是那麼難以釋放，這算是情感潔癖嗎？也許是上了年紀，我希望「她」能直接落實在我生活中……

多年來，我對追求愛情這件事都不積極，緣分自然是如潮起潮落，也因此我更習慣躲藏，讓自己像道影子，在歡愉熱鬧的城市中隱身而壓抑，或許，就此消失也沒人會知道。然而，妳好似我的「心靈

伴侶」，即便我倆從沒說過要見面，但因為我們都深信地球自轉是一種定律，反正就這樣轉著、繞著，自然會回歸原點。若要將我們腦中的想法轉換成行動的話，我們可能都是隨波逐流的一群，不願牽強也不會主動，任憑心性搭配著呼吸的節奏感，落落大方地暢談自己的生活、思想、感情或工作……毫無保留地蔓延話題。總之，我和妳就是有辦法在任何時刻達成默契，而這樣的妳……或許……才是唯一能讓我驚喜的「伴」。

「小妞，妳好嗎？」

我很少問妳這句話，對我來說，這句簡單的慰問，有濃厚的矯情意味。妳說我不夠浪漫，很愛口出惡言，我懂自己的性格與聊天模式，並不會為了誰而改變，我只能說，夠愛我的人就會什麼都愛，所以，妳認識我這麼久了，我曾幾何時從妳那奢求過什麼溫柔感？而妳也知道，我沒什麼體貼功能可以給予的，不是？直到現在我都還記得上次對妳釋放的情感，那些不算表白，只是兩個人在同一時空中，忽然就懂了什麼，其中不公平之處只在於——妳有妳的枕邊人，而我終究孤單一人。

「在嗎？」妳問。

「在。」我答。

「我是你你是我」妳說。

　　我看到這些字句，內心忽然像被誰一拳擊中了一般，心臟跳動的節拍讓血液高速奔騰，不管我當時正在見誰、手邊正忙著什麼，即便思緒飄在外太空，也瞬間被妳這六個字拉回對話框裡。就在我還正思索之中的文字美時，妳又補了一句：「馬上回答！」妳呀妳！就是任性，但我不意外，因為那就是妳的性格。

　　「我是你你是我嗎

　　　我是你你是我

　　　你不是我我不是你

　　　你在我裡面我在你裡面」

　　當時，我需要用文字來交託出一個更完整的我，好讓妳放心。而我不像妳能夠等待，我比較喜歡讓情感自然流淌勃發。

　　「你是

　　　是你」

妳懂我的情緒，所以回覆得極其簡短。

看著螢幕，我微笑著，開始策畫一場文字遊戲式的腦力激盪。

「你

　是我

　你不是我

　但你還是我」

我的情感可以公開透明也可隱藏陰鬱，全看與交流的對象是什麼交情，彼此通透對方多少，和對方有多少默契。玩文字遊戲時，大家是否都真的放下了偽裝的面具？是否真的自由地言論？面對妳，我難得能夠心安，也因此特別喜歡有妳，妳的存在即使只是幾分鐘，也都是享受。

「都在裡面

　不分你我

　如此這般」

妳讓我語塞，妳真是殺光了我心底的蠹蟲，竟讓我想拋開一切來扼殺妳的詩意……

「我們從彼此身上汲取屬於自己的養分

　分不開離不了掙不出」

　　換妳無言了吧！要和我玩文字遊戲，妹子，妳還是太嫩了。我沒有和妳說我是戲劇系畢業的，到現在我還是喜歡和老同學們討論著劇本要如何生活化，而生活又會如何戲劇化，這種雙向詭辯式的話題是我最喜歡的。妳總說我有點神經質，想的東西往往不切實際，其實不然，我是最活在當下的人，所以我更要撕毀妳的虛假面具！妳過那是什麼生活？沒準備好、沒設定好目標就隨便嫁人？正當我傲氣湧出之際，妳的文字又開始慢慢排放毒氣……

「世界好大我們好小重疊的時候好美

　沒有形體沒有限度的

　就是你我愛你」

　　我沒有喘息也沒有猶豫，腦中更沒有思緒。
　　而下一秒我能回傳的只是

「我也愛妳。」

原來妳心中的感情也能如此裸露，難道我誤解了妳？不！是我自以為是地認定妳有偶像包袱，但妳的文字讓我看見了所謂的感性。我想再多說一點，因為，我害怕自己明天就死去，不管是高血壓還是任何無法預防的意外，這一刻，我什麼都不想管，我只想趁著難能可貴的這些分分秒秒，穿越時空地表去傳達我內心的想法。

「即使我們只能以這樣的方式

　遙遠地相愛著

　但因為心相連

　便無所謂距離」

我相信妳能懂我的「抒發」。

很久以前我們探討過「心靈伴侶」的定義，這個詞兒不外乎是雙方心中期望的夢幻。妳說不管在這世上聽過多少次「我愛你」，只要認同別人所給的，就是一種「美好」。妳天生感性又柔軟，卻愛裝堅強，搞得自己滿腹委屈，如果不挖個地洞讓妳落入或是不伸出腳絆妳一遭，妳可能從來不會知道自己是會跌倒的而跌倒是會痛的。妳特別想尋找「心領神會」的實例，想藉此定義「心靈交流」的可能與界限，但我實在不懂為什麼妳真正的人生伴侶不能稍微跟妳一起學習一下呢？他應該要能從日常生活中去觀察妳，了解妳是一個什麼樣的女

孩——這裡有一位特別缺乏愛、內在傲嬌任性又需要人時時刻刻關注的女孩。

　　妳怕被人看穿，卻也怕人不懂妳，他人不能隨意地說妳的性格弱點，否則妳會悶悶不樂，只因為妳還沒辦法去正視自己的不勇敢。妳說自己不喜歡待在歡樂的人群裡，比較喜歡安靜地獨處。我只能搖搖頭說：「小妞，我觀察妳這麼久了，妳的生活總是如太陽般耀眼，妳其實是喜歡陽光燦爛的人，有溫度的土壤和有熱度的養分才能讓妳自然發展。妳以為美好而想擁有的東西都只是妳的以為，其實那些都只是虛偽的表徵，妳反倒是拿錯了腳本、活錯了角色。妳要明白，跌入洞裡、感覺疼痛都是一種認同，那才是真實，而不是勉強自己憋在黑洞裡埋怨著世間的一切。」

　　我看過妳內心勇敢的冒險，所以我想對妳說的是，人生有如一本書，偶爾我們會翻動書頁，偶爾我們用紅筆圈點，但人不能只挑重點地活，要能咀嚼生活的每一部分才會越啃越香。然而，當妳對我說出「親愛的，不可以忽然消失」時，我相信妳完全認同了我的存在，也明白了這世上最能把妳傷得體無完膚的也只有我了！

　　近來，我想證明平行時空內是否具有足夠的存在感，因此我透過「實驗設計」試圖去感受遠距離的相思溫度。我和妳都很喜歡分享美食，我更是個會烹飪、會下廚的男人。妳說過會煮飯的男人最帥，女

孩們也最愛這種暖男，但妳錯了，我下廚只是因為我想享受去菜市場挑選食材的過程。看來往的人群，透過既熟悉又陌生的眼神交流來觀察他們今日的心情，進而研發出一套生活論點。沿路聽各式攤販叫賣，口袋裏的鈔票往往會想爬出來探個究竟，而馬來西亞的市場總是蔓延著一股世界大熔爐的團結感，我耳邊已經徘徊過七種語言的早安了。我很習慣這個地方，也可以裝聾作啞地回應，然後去感受人潮的擁擠與彈性，我讓自己在馬路上體會一個人的孤獨，最後再運用腦海中的專注力快速地進入料理的世界而完成使命。

烹飪可以讓我減壓、為我療癒，完成一整桌的飯菜後，我順手拍了照片傳給妳。不須打上什麼文字，反正妳總有辦法和我噓寒問暖，譬如說「好厲害！看起來超好吃的」。而妳的這類回應，我往往無感，因為沒有經過實際品嚐的評論都是不真實的吹捧。但我會向妳解釋料理的口味、運用的食材、製作的過程。之後，我最喜歡聽妳無厘頭的展開，讓我可以探索妳對料理的無窮想像，而它們是否也曾出現在妳的城市中？那又會是什麼樣的味道？妳又是用什麼心情去享用的？甚至，妳和誰去吃了呢？有時，妳會說自己不喜歡某道菜，因為有些傷心往事。對我來說，妳喜歡不喜歡不是重點，重點只在於聽妳說這些生活瑣事或許還和我吃著同一種食物的那個當下，才是我最在乎也最重視的存在感。

「小妞，妳家有即溶咖啡嗎？」

「即溶咖啡？純黑咖啡粉嗎？三合一嗎？」

「對，黑咖啡粉，不指定品牌，一般的即可，然後，妳準備一下『美祿』，這個妳知道吧？台灣應該有，還有煉乳，就這三樣。」我正慢慢地將訊息輸入妳的腦海，再來就是下點指令了。

「黑咖啡粉一茶匙、美祿三茶匙，按這個比例調製，用熱水泡開後再加少許煉乳即可。而熱水倒入杯子的那一刻，妳記得要用力『吸』那個味道喔！這種飲料在我們當地會加冰塊或打成冰沙，我們把它叫做『Nes-Lo』，妳試試吧！之後記得跟我分享妳的感想。」

「好。」有時妳的回答簡短到讓我感覺敷衍，如果可以出現在妳面前，我一定會用質疑的眼神怒瞪妳，不讓妳的眼球飄向他方，因為我要讓妳知道，這場「實驗設計」很有深意。

這是我僅有的能對妳「索愛」的一種手段，我想讓妳親自調製這款飲料，真實地去感受我的別出心裁。首先，我懂妳喜歡手作，只要把配方給妳，估計下一秒妳就會去把周邊產品都準備妥當，然後，妳會非常開心地去製作，完成後也會熱情地和我分享自己喝完的感想，這方面的妳就像個可愛的小乖乖。

果不其然，隔天便毫不意外地收到妳的回饋。

「嘿！這是我沒喝過的口味耶！謝謝你跟我分享，攜帶著咖啡因

又夾帶了巧克力，在香濃的口感中，融入了充滿甜蜜感的煉乳，這口感確實令人難忘！謝謝你啊！屬於你的味道已經被我記憶囉！」妳說的都是很常態的反應，基本上和一般人的回應大同小異。

直到看到妳的最後這句話，我才擠出了微笑。

「有一種與你的城市變得靠近的感動。」

這才是這場「實驗設計」裡最重要也最需要的，只可惜妳的這段話還有些籠統。

妳這樣的回饋實在有損我們做為彼此心靈伴侶的默契唷！處女座並不是要求嚴格，只是太重視能深化到血液裡的精神感召，所以，我會希望和我有高濃度交流的人所回覆的字句能使我真心感動，可惜妳的分享，我並沒有接收到預期的感受。和妳認識這麼多年，看過妳的各種情緒，而妳的隨興與熱情算是妳日常生活中的面具，妳的行為多半大而化之，時常掠過細節，因此，很多事情妳沒有仔細思量，包括妳平時的工作、待人處世甚至是善待自己這些事，妳往往都草草帶過。

不過，我不在此針對妳的性情進行優劣分析，只是想把現下腦海中所有想對妳說的全寫在這裡，好讓妳知道我是多麼懂妳。也許妳看完會翻白眼，然後痛罵我，再跟我說：「有必要這麼嚴肅嗎？」之後我們可能會對視著傻笑……

妳記得嗎？當時我只是簡短地回了一句：「妳喜歡就好。」

妳也沒再多說，就這樣過了一個禮拜。

我倆沒有交集，然後，我想起妳之前說過一個模式，妳說心靈伴侶的回應就像投球遊戲，有時我們接球順利流暢，兩人便可陶醉在那種節奏歡快的交流之中，還能持續湧入更多的思想往來，不會給對方情緒和壓力，自己也能無懼自在地暢所欲言；然而，有時我們也會有漏接球的情況發生，但彼此不會急迫地追問對方為什麼沒有回覆，也不會讓勒索情感的刀架在我倆脖子上，而一方可能自動把球撿起來，繼續拋接，然後對方也依舊存在。我們之間的認同感總會透過打字的手指蔓延至手掌甚至直達心底，這種充滿愛的熱度遠超過兩人相擁的體溫。

我輾轉難眠地想著這些，之所以判定這場「實驗設計」為不及格，是因為我以為妳能順利地接好我傳的球，以為妳會告訴我對這飲品的真實感受，當然這是一道申論題，妳的答案並沒有對錯之分，只是沒說中我內心期望的正解罷了，所以我感到失落，心中的矛盾也讓我惆悵了好幾天。而我又想著，妳說過就算漏接球還是能撿起來再回丟，因而默默期待妳會回頭探尋製作飲品中的那個環節，而「它」激發了妳什麼感受？

「那香氣……瀰漫著……非常濃厚的一種……工業機械廠裡人群

的汗臭味？有種苦澀中帶甜香的衝擊感……難道……這是你現在所處的環境？你想要我體會這種勞務性質的工作之生命力，是嗎？」

小妞，你這回覆來得很慢，叮是卻讓我非常震驚，看來我又錯怪妳了‥ 我得跳脫框架來看待這件事——我認為妳對細節漫不經心，結果妳其實觀察入微，因為妳記得我說過要用熱水沖泡，並且要大口吸那個味道，所以，妳把球撿起來，又往我這兒丟了，哈哈。

我很高興能擁有妳這樣一位朋友，原來，妳也有妳懂我的一套操作模式。這幾年來，妳成熟的速度比我想像得還快，妳也明顯地自我提升了許多，可說是完全變態般地蛻變了一番。而這場「實驗設計」的正確答案其實就是希望妳透過嗅覺及味覺聯想出我身處的地方，不是表面上什麼口感香甜濃郁。我們之間，不只是用五官來感受並描述抽象的想像，而是能穿越感官經驗，立定在這真真假假的世界中。

明信片妳收到了沒？內容簡短，畢竟我只是回去待個幾天，而我因為想起一條鏈結——人與人之間的關係像什麼？所以便動筆寫了張明信片捎給了妳。

明信片上的風景是取自泰國南方邊際與馬米西亞接連的一座小鎮——丹諾。黃綠色的天空搭配以黑灰色呈現的海上孤帆與大山，還有雲彩反射的光影。妳可以解釋為清晨，也可以認知成晚霞，各有不同

的感受與體會。這畫面算是一種我對自己的描述——離家多年不曾回鄉探望，歸來，既是新的開始，也可說是死去。

　　小妞，繞了一大圈，我們又回到最原初原始的方式，以書寫表現情緒。

　　我很好，我會說我很好，至少目前是。
　　我的前方有團迷霧，正等待我撥開與釐清。
　　放心，我會努力讓自己安然無恙，不想也不會讓妳掛心。

Will 10:39AM at Dannok.Thailand

　　簡短的字句無法確切表達心意，我其實還想再多說一點……
　　如果這是一張遺書，我想在死前多說些讚美妳的話，好讓我倆能在天堂遇見。

　　妳總是叨念我不懂得說感性的話，每每都悲觀地回答。其實，我很了解自己真實的情感，只要是我願意真心付出的人，我說的甜言蜜語絕對是一次性。只是，我要在此多說一次：「謝謝妳的出現，帶給了我活下去的勇氣」。不管未來會有什麼樣的人事物發生，至少我會能比以前更懂得關心。妳沒有脅迫我的思維，妳只是如此這般地分享著平日的生活，用漸進的方式感化著躊躇不前的我。

　　最難得可貴的情誼不是你儂我儂，而是我們出現時能給足對方養分，滋養、灌溉著彼此。妳活得像一株韌性很強的植物，經歷四季變化也可以綠意盎然地萌芽，無懼風雨地搖曳著枝枒，展開雙手迎接朝陽、甘露，每天都能活出嶄新的模樣。妳有良善與真誠，讓人不知不覺想要靠近，妳用笑容抹去黑暗與憂傷，至少對我來說，看著妳笑就能獲得足夠的溫度與力量，所以，謝謝妳出現在我的生命。

噢！對了，我身體無恙，不用擔心，希望妳一切安好。

妳曾問過我：「如果我死了，你會知道嗎？」
我現在告訴妳，我一定知道。

On ne voitbienqu'avec le coeur. L'essentielest invisible pour les yeux.

只有心靈才能洞察一切，最重要的東西用眼睛是看不見的。

——Antoine de Saint-Exupéry《小王子》

讓我做妳這輩子的唯一，讓我們一起相伴到老。

人生沒有所謂對錯，時間終會帶走脆弱。

「妳還沒睡呀！我回來了。」

「你為什麼每天都要這麼晚回家？」在我聽來，這是一句充滿不信任的話。

「妳的態度不需要這樣，我並沒有做錯什麼事。」

「你每天都半夜一、兩點才回家，到底是什麼事情非要留在公司處理不可？」

「工作完還要聯絡客戶、打報價單、處理帳務，總之，瑣碎的事情很多啦！妳又不是不知道創業的艱辛，老闆兼打雜呀！所以，妳可以不要擺臉色給我看嗎？難道妳不能體諒我嗎？」

「可以，我可以體諒你，那我問你，你知道孩子明天要開家長會嗎？你知道她現在下課後會去上什麼才藝課嗎？這位爸爸，請問你知道你的孩子現在幾歲嗎？你知道她現在多高了嗎？你知道她很會玩拼圖嗎？你知道她在學校打架推人，我今天還特地去學校處理了……算了，我不想再說了……」妳現在是在拷問犯人嗎？我這麼拚死拚活地為了家中經濟努力，結果妳是這樣子的態度……唉！我真的好累，誰能站在我的立場上想想看？男人創業、持家容易嗎？有苦難言的無奈之處又有幾個人懂？回家沒得到妳溫柔的安慰就算了，還要被質疑，

這到底是招誰惹誰？真是一把莫名火燃起來……但，我不想跟妳吵，我只想好好休息。

「…………抱歉，我把時間都拿來工作，所以我並不知道妳說的這些事情。只是我們之前就說好，妳主內，我主外，孩子的事情我確實不太會處理，妳把孩子帶得很好，所以我一直都很放心也很感謝。那……明天學校的家長會是幾點呢？她的才藝課是……」

「嗯……沒關係，反正你也累了……我要睡了，不說了。」

妳又來了！總是不把話說完，轉頭就走，這真的是妳的壞習慣，搞得這一切都是我的錯、都是我該死，難道妳不知道我心裡也很難受？身體疲憊之餘，心理還要如此悲痛，但我能對著妳哭？我只是希望妳能安慰我，這有那麼難嗎？我知道妳帶孩子很辛苦，可是，每次吵到最後妳都留下我和凝結的冷空氣，把我丟在一個讓人窒息的密閉空間裡，這種窒息感讓我的心就快要死去……妳可不可以對我溫柔一點點呢？唉……

夫妻爭吵似乎變成了家常便飯，如慢性病一般地傷害著彼此，而我和妳的感情裂縫越來越大，甚至足以使一個完整的家庭因而崩壞。沒想到那次的爭吵是一個警告，我絲毫沒有意識到，然而，如今妳竟這樣消失了……

老婆，妳現在人在哪？妳過得好嗎？我真的很擔心妳的安全。

　　妳留下的那一張便條紙裡，詳細地敘述孩子的日常生活模式，卻沒有對我多說什麼，妳只寫了一句「謝謝你」，我不懂這話的內蘊含義，或許我天生心思就不夠細膩，在讀心這方面，我特別不聰明，往往無法接上妳的話語，和妳之間的默契可能也不夠好，往往聊沒幾句就會轉為爭執。但是，妳不明白的是，妳說什麼樣的話題我都喜歡聽，觀察每一樣妳喜歡的事物也總是十分有趣，是妳讓我的生活變得新鮮有活力。

　　我不夠浪漫，個性木訥，脾氣也不夠好，容易對妳大小聲，可是，我就是希望能讓妳和孩子都過上好日子，不要活得辛苦疲憊，其他的我想不了，也管不了那麼多。

　　我是從事勞力工作的男人，靠技術維生，有時我會希望妳來現場看看我工作的樣子，明白我從事的是這種要冒著生命危險的工作，隨時都處在驚險萬分的狀態中，可能一閃神就會手斷、腳瘸，更嚴重的話，或許連命都沒了……

　　我們從交往到結婚，至今將近十九年，我很感謝妳對我不離不棄，還願意嫁給一個不解風情的笨蛋。這次，妳的不告而別，讓我深深地感受到人們常說的「失去後才懂得要珍惜」之遺憾。妳的那句「謝謝你」，我倒是覺得妳說反了，是我該謝謝妳才對。和妳相伴的這段期間，我從妳的身上學習到了很多優點，包含待人處事的道理、

生活品質的維持或是面對困難時的思維模式等，我對妳充滿了好多好多……真的好多……說不完的感謝。

妳曾跟我說過一句話，讓我至今仍耿耿於懷，妳說：「你以後會越變越好，會變成一個事業有成又孝順的人，你還會變得更聰明，也會變得更體貼，下一個女人一定會過得比我更幸福。」我不懂妳說的下一個女人是誰？只是難過著妳是否打從心底想離開我？為什麼妳總是把自己推遠？而我盡心盡力地去維持一個家，雖然做得還不夠好，我不屬於貼心浪漫的類型，所嚮往的家庭模式是老公出外打拼而老婆在家帶孩子，每天傍晚老婆會煮好一桌飯菜等老公回家一起吃，一家人開心地共享天倫。我的思想很傳統，和妳不太一樣，但我被妳變化無窮的性格深深吸引，妳為我的生活增添了很多新鮮感，就如同妳總在平凡無奇的日子裡忽然邀請我和妳一起去冒險，我總是來不及準備又特愛口頭上先拒絕，然後又總在活動過後才漸漸發現這些都是很有意義、很有價值的體驗。

「我們明天去爬山吧！要不要？」

妳在美好的假日跟一個還在賴床的人說了這句話……

「喔！可以呀！我爬枕頭山，妳也一起來。嘿嘿～～」我不是排斥運動，我只是不喜歡爬山、健行，可以有別的選項嗎？

「喂！我是說真的，給自己一次挑戰的機會嘛！和我一起去，我

會帶著你，畢竟我攻頂兩次了，不會迷路的，好不好？」妳說這話的眼神非常堅定，看來妳非常認真地在邀約我。

「我……我不喜歡爬山啦！而且會爬多久？爬完大腿會抽筋耶！這樣我隔天就沒辦法工作了……」我最怕運動抽筋還有乳酸堆積的疼痛感，每次都要花至少三、四天才能完全恢復，平日行走會變得不便，這樣要怎麼工作？想想都覺得可怕，不要！我還是不去好了～～

「第一次爬的話，來回可能需要七、八個小時，但是沿途風景非常特殊別緻，很棒的，真的，你一定要挑戰看看！」

「什麼！八小時！那我不要。花這麼久時間，我不想去，我不喜歡爬山，而且我不像妳平時有在健身、跑步、鍛鍊身體，這一定很累。不如，我帶妳去餐廳吃美食然後再看部電影吧？」反正，我就是堅持──不想去！

「我跟你說，你的人生就是少了『冒險』精神，雖然要花不少時間，但是，你連去都沒去過，怎麼知道不好玩？你都幾歲了？還要這樣不敢給自己一次挑戰的機會嗎？你的人生會因為這樣錯過很多美好的事情喔！這樣很可惜耶……走嘛！我們一起去爬山，一起鍛鍊身體，一起讓身體動起來，然後一起享受沐浴在陽光和芬多精裡的感覺嘛！早晨的陽光不那麼傷皮膚，也很溫暖舒適唷！」

妳還是說服了我，妳總是慢慢地改變我的想法，但我做的總是比想的少……如果我更主動地參與妳喜歡的事物，是否就能更了解妳？

是否我就能走進妳心靈深處？而這樣的我是否就更懂妳、和妳更有默契了呢？

「快點起床！快點！已經四點了，要來不及了啦！」

「喔～～現在天還沒亮呀～～等一下啦！讓我再睡一會兒～～」

從沒這麼早起過，除了趕早班飛機外，誰會想在熟睡時硬生生地睜開眼睛？這真是太折磨人了！睡不飽是要怎麼爬山啦？其實，我知道要身體力行，但我總是敗給「懶」這個字，這正是多數人最常擁有的壞習慣。

「如果你現在沒有逼自己起床，那你就會養成『明天再說』的思維習性，然後很多事情就會因為當下的蹉跎而使你更加墮落而沒有改變。所以，你、到、底、要、不、要、起、床？」

我永遠記得這句警示──很多事情就會因為當下的蹉跎而使你更加墮落而沒有改變！這可不行，我必須要有所改變，不僅是為了妳，也要為了我自己。

「好！我起床。我去準備準備，等等馬上出發。」

我對爬山沒什麼概念，感覺就是個健走一類的活動。平日看到一些戶外運動用品社，偶爾會羨慕那些熱愛大自然的人懂得遨遊山林、放縱心性，但我也總是好奇：為什麼有人可以揹著十幾二十公斤的裝

備和糧食一步步地往上爬？攻頂真的是那麼值得吶喊的事嗎？那麼露營、野炊和人們分享這一路走來努力不懈的心情又會是什麼滋味？

　　山腳下的我在心底默默燃起了因期待而興奮的情緒，因為這次，我終於要親身體驗了，揮別過往無知的自以為是，我瞬間充滿勇氣。轉過頭來看看坐在副駕駛座的妳，我突然笑了，原來和妳一起從事未知的冒險竟是這麼幸福有趣的事！只因為是和所愛的人一起所以更值得也更令人開心。然後，我慢慢地開始整理起自己躁動的心，準備迎接大自然的洗禮，準備投入造物主的擁抱。

　　這次要挑戰的山是位於南投日月潭風景區內的「水社大山」，曾被選為台灣小百岳之一，海拔高度 2059 公尺，全程大約是 5.48 公里。看著登山口，我想這絕對是一場硬仗。一開始就要走兩公里的階梯，大約有一千八百多階，我真是……極度想放棄。走上石階的感覺就像被猛獸吞入口中而被其分泌的唾液給淹沒一般，此時，太陽尚未露臉，山勢使氣溫濕冷而略有涼意，階梯兩旁不時鼓著窸窣的風聲，偶爾落葉也會劈頭打下。我顧不上沿途有什麼美麗的風景，只是驚覺自己走不到一百階，行動已越來越緩慢，呼吸就已急促不順，我從沒這麼喘過，我想喊停，卻沒有力氣。妳應該是發現了我腳步不穩，便前來關心：「你是不是渴了？要不要休息一下？不用急，登山不是比賽，調整好呼吸即可，緩衝一下狀態，不然前面的階梯會讓你更難受

的喔！」妳的話讓我暫時鬆了一口氣，看來爬山也是需要先做好相關心理建設的。而我突然對自己的身體狀況感到惆悵，體力怎麼會這麼差？平常工作扛 80 公斤的貨物也不覺得累，現在怎麼會爬沒幾階就累得像病貓？我實在自愧弗如啊！

「加油！我這邊有準備糖果，你先含一顆，可以讓身心舒緩，但你不要休息太久，再努力堅持一下，前面就有涼亭了。」

「我真的不想走了……我真的不想走了……我有努力過了，但真的太累了，我想休息，我沒辦法再爬了，我要休息。」我想我應該有走了大半路程，挑戰完階梯又被拖進針葉林區，一路上都在泥濘的土坡上攀爬，嗅著大自然的生氣，身上沾滿泥巴。我感覺自己越來越像個登山客，這樣應該也算完成妳我的心願了吧？我有身體力行、說到做到，所以，走到涼亭，我就要徹底地休息了，既可以回顧這一段路的辛苦，還可以觀覽日月潭的風景，這樣就夠了。

「我跟你說，現在才是登山的開始，前面都只是暖身而已。但是你很厲害唷！沒爬過山的人可以直接挑戰難度這麼高的山，你真的很強！但是，我們不能走回頭路，所以，再繼續努力，好嗎？我會走慢一點，你不要想太多，跟著我一起往上爬就對了！」

「我不想再走了，我的腳真的很痛，我想下山了……」

其實，我腦海彈出「放棄」這兩個字不下上千次，要不是妳耐著

性子一直推動著我，我真的很想直接下山在車上等妳，我沒鍛鍊過身體，只覺得筋疲力竭，我可以下次再來，但這次我只想先體驗一下就好，我又還沒準備好要攻頂……

「你為什麼要放棄？已經走完一半以上了，剩下的路途並不長，再加點油就能撐過去，如果你現在往回走了，那我要怎麼辦？我想完成這趟山路，並不想就這樣放棄，因為這樣等於浪費了一個上午的時間，而且上面的風景更漂亮，你一定要堅持下去，繼續往前走就對了！」

「到底還要走多久？還要走多遠？」我不耐煩又生氣地問妳。

「再一下下就到了。」

「一路上妳都是這樣說啊！那到底是多久？到底還要多久？多久？」我不斷提高音量地質問妳。

這時，一群登山客談天說笑地經過我們身旁，只要是在山林中相會的都算是山友，不管彼此原本認不認識，往往都會笑臉迎人，而他們對我說：「加油唷！再 100 公尺就到了，很快的！加油！已經快到山頂了！加油！加油！」

我把脾氣全撒在妳身上，不顧妳的感受，雖然陌生山友的鼓勵重新激發了我的鬥志，可是，那時的我仍故意對妳發脾氣，我只在乎自己的感受，覺得妳不貼心，沒為我著想，沒想過我是初學者，怎麼可能挑戰完這座山，然後妳一派輕鬆的模樣，臉不紅氣不喘地走得飛

快，讓我好生羨慕。

「加油！不要放棄！就快到了！快！快跟上來！」

「我不爬了，妳自己上去就好。」我的表情非常嚴肅，我真的體力透支，雙腳非常疼痛。

「為什麼？就在上頭了，再一下子就到山頂了，你現在跟我說要放棄？！」

「一路上大家都對我說『快到了，就在前面』，結果呢？什麼都沒有啊！我說了很多次，我的腳很痛，大腿也快要抽筋了，妳想上去就自己上去，為什麼一定要我也做到？我就是做不到，也不想再走了。」我非常確定自己要下山了，眼看我們已經爬了五個小時，運動量足夠了。我低下頭，發現攜帶的水快不夠喝了，心裡更為急躁，我不想理會妳說的山頂有多宏偉壯麗，我現在只想回家休息。

「你到底怎麼了？山頂就在上面，不需要十分鐘就能走到的地方，你現在說你要放棄、要回打道回府？你有沒有搞錯啊？你怎麼不想想這一路上我有沒有跟你說過我累？你沿路一直罵我，說我騙你來爬山，說我害你這麼累，說我不了解你的身體狀況就帶你來爬這麼難的山，你一生氣就對我破口大罵，什麼都說是我的錯，我悶不吭聲地讓你發洩，我攜帶的水、糧食，怕你不夠吃，都讓你先吃，就算全部都給你，我也沒有關係，畢竟我比較熟悉路況也有鍛鍊體力，我就只是希望你能再多堅持一下，難道在爬山的這段過程中，你都沒看到珍

貴而美好的事情或景象嗎？你就快做到了，這難道不值得讓你期待、高興嗎？你不覺得自己做得很好很厲害嗎？好！我不管你了！我現在要攻頂，你如果不想上去，就在這邊等我，我不多說了。」妳生氣地對我說完這段話後便轉身離去。

我在原地想了很久，看著妳遠去的背影，我心中感到相當內疚。我知道是自己想放棄，和妳並沒有關係，我怕自己體力不支而暈倒，是我對自己沒有信心……想起妳一路上都沒有責備我腳程慢，妳帶著我爬山應該比自己爬山更累，外加妳還要等我，但妳都沒有喊過一聲累，反而頻繁地拿水和巧克力給我，讓我補充電解質和熱量。這趟山路，讓我想起我們長跑多年的愛情，妳付出的一直都比我多，我卻一直攻擊妳的不是。因此，我決定了，我要繼續往上爬。

我的周圍已經沒有人聲，所以我得自己立定在岩石上，最後的這十分鐘路程，我必須彎著腰，小心翼翼地用手扶著岩塊攀爬而上，真正的硬仗是這裡！我把心放空，不去想身體的疼痛，只是用心地相信大山的力量，把生命再次交給大自然。

「唉唷！這位老兄，你一路說不要爬，結果，你還是上來了嘛！真的很厲害唷！」山友們早就在山頂享受美景了，見我步履蹣跚地完成任務，還不忘吐槽兼鼓勵一番。我見妳坐在一條枕木上，看著妳把食物全拿出來，再凝視著妳望向我的眼神。其實，我對自己的不夠成

熟感到非常內疚，我不應該把這一路的疲憊用謾罵的方式發洩給妳。

現在，我看著和妳在攻頂紀念碑拍下的合照，還能感受到當時心中的感動，也很高興自己當時有做到。

「嘿！你轉頭看，你抬頭看山頂！你剛剛在那邊耶！我們現在要回去了，你有沒有覺得自己很厲害！有沒有覺得自己雖然很渺小卻能展現出無限大的能量？」我聽著妳說的話，望向山頂的瞬間，我眼眶泛起了熱淚。我承認，人類很渺小，但是我更感嘆的是，這一路上自己沒能好好珍惜妳。如果不是妳，我怎會知道大自然是如此廣大遼闊？又怎會知道自己能發揮出洪荒之力？回程，妳知道我全身無力、

雙腳形同失去知覺而體力完全耗盡，所以妳跟我說要換手，讓妳來開車，要我好好休息。我真的非常感謝妳是這麼懂事貼心，在車上，我對妳道謝，這是我一直以來最真誠的一次感恩。我的感謝，不僅是因為這次爬山有妳相伴，更是因為妳總有辦法讓我在生活中透過外物的力量學習到更多的人生課題。妳說這是妳第三次攻頂，之前都是一個人爬、一個人走完、一個人挑戰，這讓我感到更加慚愧，自己居然這麼膽小。看妳邊哼著歌邊開著車，好像一點都不覺得累似的，然後妳還輕鬆地和我說：「恭喜你，終於攻克了人生第一座高山！以後啊～～遇到困難想放棄時，就想想自己爬過這座山，便會發現沒有什麼事情是自己做不到的，對吧！」

「老婆，謝謝妳！」

我深情地望著妳開車的樣子，妳可能沒有發現我悄悄地落淚了。我真的非常愛妳，因為妳無怨無悔地陪伴了我，也等了我這麼久。這十九年來，妳時時刻刻鼓勵我去探索世界，希望我能變得更好，期望也相信我會成為更棒的男人。是我自己太不細心、太不貼心，沒有觀察妳真正所需，沒有同理妳的心理感受，沒有領略妳的心境變化。原來，不斷付出的妳在這段關係中是這樣孤單，而我總是以工作忙為由

而忽略了妳，很少陪妳聊天，妳外表所展現出來的堅強獨立都讓我誤以為這就是妳的個性。時間轉眼間溜了過去，我以為自己很了解妳，結果，現在才發現是自己依賴妳到不能沒有了妳，而我還因習以為常而恃寵而驕，沒有去正視這問題，久而久之，竟變成了拔不掉、除不盡的禍根。

這次妳的忽然離開，讓我的世界彷彿停止了運轉，我發現自己無法獨處，發現自己是那樣害怕孤單。原來我從不懂什麼是愛，以為把最好的給了妳，就是我愛妳的表現，直到後來，妳跟我說覺得窮得只剩物質生活讓妳覺得很悲慘。妳重視心領神會，我卻總是不屑也搞不明白。我以為只要噓寒問暖就是貼心與關懷，結果，這根本只是公事公辦似的虛應故事、敷衍其事，我總是聽不出來妳話語中的弦外之音，總是感覺不到妳透露出的失望灰心，我真的太笨了！從來沒正視過自己的問題，總勉強、妥協地去追趕時間來滿足物欲生活，我應該像妳那般懂得自省，用感恩的心去同理世界、面對世間各種各類的人事物才對。

我想和妳說：「老婆，妳現在好嗎？妳是不是對我失望透頂了？因為壓抑了太多情緒，我們之間頻頻發生口角，或許，妳想喘口氣……妳曾和我說：『人生沒有所謂對錯，時間終會帶走脆弱』，這次我會沉澱自己，放手讓妳自由地飛，我會在這兒等妳回來。等妳歸

來，我會正式地向妳求婚，因為這是我欠妳的『承諾』，以前的我不懂，為什麼非要來個求婚儀式不可，只要時間到了，兩個人直接結婚就好，如今，我決定重新了解妳，才開始明白，妳曾說過『生命須要有其儀式感』，因此我要學習去愛妳所愛，我會等妳，我願意等妳，不管多久，我都會一直等下去。」

致我這輩子最愛的人：

這一路上，辛苦妳了，希望妳回來後能看我的轉變，請讓我做妳這輩子的唯一，讓我們一起相伴到老。

我永遠愛妳，老婆。

妳擁有治癒別人的能力，相信妳一定也能療癒自己。

希望妳能過著自己想要的生活。

　　對於人們會擁有超過十年的友情這種事情，我越來越不相信，因為我曾被友情拋棄過，傷透了真心。在我身邊，有很多異性友人，分別自稱是藍顏知己或男閨密，友好程度都讓我懷疑是不是我沒有女人味，為什麼異性都只把我當成兄弟？雖然我很重視朋友，但是，姊妹情深的女性朋友卻寥寥無幾，因此，我非常珍惜同性之間的情誼。我不在乎彼此是否時常見面，我只希望雙方都能真心相待、相知相惜，享受兩人互動中的細節和感動。而這些珍貴的姊妹，我都管她們叫做「寶貝」。

「寶貝，上次我們約好一起出國旅行，這承諾妳沒忘記吧？這些日子沒有妳的消息，是不是妳先飛了？如果是的話，說好的明信片就寄一張來吧！讓我知道妳是平安快樂的，好嗎？」

看著妳送我的飛機鑰匙圈，我想起了妳。
「妳好嗎？」

還記得三年前，我放棄了一份高薪工作，輾轉地飛往上海打拼，那時，我時常與妳討論著——我都快要四十歲了，這年紀到底適不適合再去探索世界、力拚事業呢？還是我就找個人嫁了吧？

妳回答我：「為什麼不拚？妳還這麼年輕，當然要把握機會呀！沒有好的對象可不要隨便亂嫁呀！」我笑著回嘴說道：「誰願意娶我啊？我都這麼老了……」楚楚可憐地趴在妳肩上假哭，妳反手推開黏膩地依偎著妳的我，正經八百地說：「妳可是超級尤物呀！有身材、有腦袋又會賺錢，重點是——超級會做菜！能娶一名賢妻可是男人上輩子修來的福氣，明擺著穩賺不賠的好生意啊！」我當下還妳一個白眼，因為，妳踩了一顆地雷，就是「料理」！

沒錯，我是正規廚藝學校畢業的，二十多年來，一路過關斬將地開闢著我的餐飲道路，堅持不偏離專業技術。感謝很多平台與人脈，

讓我在餐飲業界中小有成就，但是，我不希望嫁人以後還得躲在廚房裡當個美廚娘，反倒希望能遇到哪個男人願意為我下廚。我絕不會毒舌或批評他的菜色、廚藝，我會萬分捧場地完食，然後給他一個最溫暖的擁抱，等我們親密地洗好碗，把一切都善後了以後，再相約看部影集來調情、耍浪漫，過著非常～～非常～～幸福愉快的平凡日子。每當我開始胡謅這些白日夢時，妳就會在一旁搭腔，我倆還會很有默契地哄堂大笑，這樣青春洋溢的姊妹鬥嘴皮，或許就是所謂的「友情」。

我很開心也很感激，能擁有妳這樣敢直言進諫的朋友，總會在當下扎痛我幾處盲點，並且直率地道出現實是無可奈何的悲哀。我看得出來，妳表面上有幾分難掩的神色，難道是因為一場突如其來的婚姻嗎？妳有這麼懼怕「家庭闔樂」的模式嗎？有時候妳的觀念讓我很難平衡，因為，妳雖然可以安撫很多人的情感問題，卻始終解不開自己內心的深鎖，總是壓抑，不肯主動向人求救。我看透了妳的性格，才發現妳比我更像個孩子，需要的安全感或許得比天還要高大。這讓我感到迷惘，妳選擇走入婚姻，難道還得不到救贖？

妳可知道，我祈求婚姻降臨無數次，這可說是我人生的第一大願望呢！

還記得我剛到上海時，跟妳提起過的「他」嗎？

「嘿！我和妳說……我……交男朋友了！哈哈～～」這件事我是第一個和妳說的。

「真的假的！真的假的！天啊～～是誰？是誰？哪一國人呀？」妳高興地在電話裡尖叫吶喊。

「台灣人，唉唷！我們才剛認識，也不能說是什麼男朋友，就……就……」我很害羞地敘述，但內心卻澎湃不已。

「是喔！這麼有緣分！他長得如何？怎麼認識的？進展到哪啦？現在呢？有沒有在妳旁邊？開視訊讓我看看，我先評鑑一下才可以喔！」妳嘰哩呱啦地一直問我問題，明顯得感覺到妳非常開心。當時，我真的好想飛回台灣和妳大力地擁抱。其實，那段日子我很孤單，妳擔心我在異地會感到寂寞，所以時常和我通電話，我倆近乎是天天暢所欲言，妳的留言和生活照都是構成我生命的部分。

這段友情充滿溫暖與關懷，我們不會把彼此的隱私當成玩笑，反而會互相加油打氣，並且推動著彼此向前走。我聽著妳在台灣的工作、感情、家庭近況，把妳當成我自己的親妹妹一樣，總會提醒妳人心險惡。

我常跟妳說：「女人的安全感不是由男人給的」，這是我一再提

醒妳的重點，就算結了婚，妳還是要經濟獨立，知道嗎？

　　說起來我大妳五歲左右，我渴慕幸福美滿的婚姻，妳卻說我像飛翔的蒲公英，一點風吹草動就能揚起。

　　關於那個「他」，只怪我自己太過單純，認識了一個看似完美的人，就將他認定為我的唯一。

　　當時，我高興得打電話和家人道喜，訴說自己在異地的這一份情感，甚至高興到不知道怎麼使用形容詞，每天去上班，臉上都掛著羞澀笑容，心花怒放的我都不知道愛情的滋潤讓自己究竟年輕了幾歲？所以說，談戀愛真的會讓女人起很大的變化，這些我都切身地體會到了。

　　最難忘的莫過於我和他第一次去餐廳吃飯，那時，兩人之間的情愫一度燃燒到高點，他拉著我到餐廳門口送別，說要送給我一件禮物，我來不及防備，這位身高 186 的男人便彎下腰來給了我一個「法式熱吻」，當下，我便沐浴在愛裡也迷失在他懷裡了……畢竟哪個女孩能不為此著迷？何況是像我這樣的一位大齡女子。

　　「好景不常」這話訴盡了愛情的峰迴路轉，我向他提出「交往」的要求，卻換來一句「我們只是朋友」。我們坦白了過往的愛情史，他有過婚姻，前妻與孩子都在台灣，雖然沒有聯繫，但他提起這段過

去時，臉上透露著一種失敗的滄桑感，甚至他現在在台灣還有一位小女友，兩人年紀相差十歲左右，我不敢激動表態，只能臉不紅氣不喘地假裝關心地問候「她們」好嗎？再遞上虛偽的謊言——祝他幸福。

那一刻，我彷彿靈魂出竅，根本聽不進他說的故事片段，只想一巴掌打醒自己，心中總是想問，那麼我們三天前的擁吻到底算什麼？難道我真的是愛情白癡？面對愛情就瞬間將智商化為零？在電話的一頭，我勇敢堅強地與他談笑風生，沒有露出我傷心欲絕的面貌。其實，我的內心早已支離破碎得血肉模糊。面對這直轉急下的劇情，我放肆地對妳哭訴，痛心地感慨年近四十還妄想著戀愛兒戲，這種悲涼，不知道妳能不能理解，我哭訴的這些心酸苦澀究竟算不算失戀？我當時也不太懂。

妳安慰我的次數就像呼吸一樣頻繁，反覆而不間斷。雖然我在上海，妳在台灣，但我和妳的心才是濃情相依，那種不離不棄的陪伴實在溫暖窩心，讓我知道女性朋友的重要性是超越愛情的。

「寶貝，下星期我要回台灣囉！」我嘴上說得平淡，其實憋著各種情緒。

「沒問題，我們快來約吃飯！等不及見妳了，我要更新妳的愛情故事！」妳依舊俏皮地在電話裡和我說笑。

都過了一年半載，面對愛情，我還是沒找到最佳解決之道，對於

我和「他」撲朔迷離的戲碼，妳只送了我一句——努力成為他生活的一部分，妳就贏了。在這些迷惘的日子裡，我逐漸體會到這句話的真意，也讓我的愛情又昇華到另一種境界。

　　踏上寶島台灣，我的心總能得到安慰，進而能享受平靜。生活好似翻書，前一頁，主角還在上海焦頭爛額，飢渴地追求愛情，卻因為無法掌控火候，不是燒燙成疤，就是肌凍交切，然而，到了下一章，那些故事看來都已變得可愛，有如飛蛾撲火的過場，將我的人生就此翻過了好幾頁。

　　我和妳相約在台北的街頭巷弄中，共進美食，敘舊暢談。

　　「妳和他現在如何？說來聽聽唄！」妳啜飲著熱紅茶，滿臉期待地等待我揭曉最新章節。

　　「我和他……還可以。」我忽然不像以前，轉而保守含蓄地和妳陳述著。

　　「妳和他還可以？就這樣？沒了？後來妳和他的相處模式是怎樣的呢？」妳的追問竟讓我感覺疲憊，我知道自己不該用這樣的反應對妳，只是，面對這場愛情，我忽然感覺平庸，不再激動與熱情。我笑著對妳說：「真的，就還可以，我們有繼續聯絡，不過他和那位小女友……唉～～不管了，反正，我們假日會相約在上海吃飯、逛街，很

平凡也很簡單。」我極其平淡地描述之後的情節。

「那妳成為他生活的一部分了嗎？」妳冷靜地問我這問題。

「嗯……應該算有，就平日用訊息聯繫，下班給予問候，假日相約出門。他說話依舊討人厭，也一樣憤世嫉俗，開車總愛亂罵人，還有……他有嚴重的潔癖，身上的衣服不容許有任何一滴髒污。來我家的時候，會幫我整理家務，我們還進行了廚藝比賽，看誰煮的料理比較好吃，有趣吧！然後，他會幫我解惑，讓我諮詢未來職涯的發展規劃，近期他還教了我投資理財相關的課題。」我一口氣說了好多「我們」的生活，卻總覺得說得不夠完整，一度想再繼續說下去。

「嗯……妳成為『他的生活』了！」妳的臉上掛著溫暖的笑容。

「嗯！好像是耶！我知道妳對我說不要強求名分或是試圖佔有。本來我追求有個婚姻結果，期待有王子願意牽起我的手，兩人一起白頭偕老，但這要求對他來說根本就是意識形態的強盜，我轉換立場思考過，到了這年紀，彼此追求的是真實生活中的可靠存在，所以，我們算是有了共識，現在的相處就～～還可以。」我語氣平靜，沒有太多情緒起伏，但是，提起這段感情，我眼眶竟不自覺地紅了起來，感受到自己其實好似有活在幸福之中一般。

「魚，如果妳已經體會到生活的美好與平凡的甜美，就應該釋懷當初相識時的不盡完美，妳努力收穫到的愛情會透過生活驗證，我相信你們的感情將會變得更加踏實穩定。」是的，妳說的沒錯，我一直

追求婚姻，而他已經結束了一段婚姻，我們兩人站在不同的階梯，像搭乘各自的手扶梯上下交錯、擦身而過，該如何成為彼此生活的一部分才是我們要努力的重點。後來，我對愛情的敘述都非常平淡，不是因為沒有愛意或缺乏感情，而是我們像在釀一壺好酒，萃取、提煉日常生活中的精華，共識共體地活在當下，珍惜彼此。

「嗯，我和他現在真的很像老夫老妻，生活平凡卻會回甘！」我笑著說，還隱含了炫耀的成分。希望妳不要再擔心我了，在上海，有他照顧我，我過得非常安定、開心。

記得上回妳來上海找我，相約蘇州一日遊。妳和他初次相見，直誇他是個帥氣的暖男、溫柔的紳士。妳認同他且默默地走在我們身後，貼心地幫我們拍下一張手牽著手的剪影照片。妳沒有在當下告訴我，而是回到台灣後才傳照片給我看。我心裡特別激動，因為，我無法和他以拍合照的方式來證明之間的愛。妳很開心地表示這是我努力而來的桃花，現在已經開始結成豐碩的果實了，妳很佩服我的堅持與寬容，而那張照片則顯示了妳是如何地懂我，也讓我看見妳對我細膩的關懷。

感謝妳，這一路上超齡而成熟的見解，每當我面臨人生分岔路、

生命選擇題時，妳都可以點出各個選項背後的深意。我想，這或許是妳原生家庭所賦予妳的本能，讓妳比常人更獨立自信，我恰好特別欣賞妳這優點。即使妳的感情像是一團迷霧，我始終看不清、搞不懂，但我希望能夠用我的蛻變，讓妳了解—— 妳擁有治癒別人的能力，相信妳一定能療癒自己。

希望妳能過上自己想要的生活。

別忘了，我們相約要一起去旅行，我等妳回來……

不管世界怎樣毀滅，你我是有血緣關係的人。

謝謝妳，從未放棄我！

「你看，那位是你姊姊，快去打招呼吧～～」

這句話在我腦中盤旋了十四年，久久揮之不去，對我來說，它夾雜各種情緒——有恨、有愛、有期待，甚至時間一久，還會瀰漫出一股溫馨感。

那天，是我十二歲生日，有位自稱是我爸的男人，特地從南部載了一台全新的電腦來我家，他說這是我的「生日禮物」。我媽向我介紹他，表示他是「爸爸」。我沒什麼反應，而這種陌生的態度，是我打從心底散發出的冷感，因為這男的到底是誰？我完全不認識。

接著，他和我說等一下要帶我去畫室找妳，認真地和我說起妳的一切，這時，我才反應過來，我瞪大了眼睛，問他：「我……我有姊姊？我有姊姊嗎？」當時，我真的很驚訝，因為我想趕快見到妳，想知道自己和同父異母的手足是否長得相似。

那天，我穿著黃色舊 T 恤搭配學校的藍色運動短褲，腳上穿著一雙破布鞋，左腳鞋底早已破一個小洞，而鞋子外觀看起就像泥沼般的混濁灰色，還掛著半鬆脫的蝴蝶結。其實，那件黃色上衣是來自我同學的二手衣，從小就沒享受過好的物質生活，加上身型瘦小又體弱

多病，口袋裡常備氣喘藥劑，念書時期的最大願望一直都是能好好地打一場籃球賽，可惜我向來只能當板凳小弟。

　　我和那男的站在手扶梯旁觀察了妳五分鐘左右，看到妳正在教油畫，妳的姿態看起來好專業。我不懂所謂的藝術，就在一旁端看妳，評估妳的臉、妳的手、妳的言行舉止、妳的笑容，還有妳身上穿的衣服，然後思考著妳生活的一切究竟和我有多少差別？這就是幸福嗎？然而，我也不懂什麼叫「幸福」……

　　我越走越近，兀自站在妳的面前，看妳停下畫筆和學生和緩地說話，然後再看到妳看了我一眼後朝我走來，妳臉上表情變得很不一樣，有些許緊張還有些許開心的模樣。我漸漸擔心了起來，因為，我好怕妳不喜歡我，更不知道妳會不會嫌棄我是這般窮酸樣？

　　「嗨～～你好，我是姐姐。我們終於見面了，你好呀！」妳彎下腰來和我說話，妳的長髮飄逸，笑容很像我學校裡的老師，既甜美又親切。因為我們的年紀相差了十歲，我完全不知道該怎麼和妳互動聊天？

　　當時，妳曾和我說過，我們會一起相伴到老，我們會永遠為對方加油打氣，而如今，妳卻失去聯繫，姊～～妳好嗎？妳到底去哪了？

「你想吃什麼？想去哪邊玩？今天是你的生日，我們一起過好不好？」在車上，妳不停地和我聊天，表達非常熱切的關心。其實，從小到大沒什麼人管我，面對這樣接踵而來的熱情，我完全不知道該怎麼回應。倒是妳問到了一個重點──想吃什麼？剛好那時候我非常渴望能吃一頓無上限的「麥當勞」，一個才十二歲大的孩子能有多大的願望。妳聽到我的需求時，還反覆確認地問我，好似這是個玩笑話。我們真的很不一樣，妳有很好的物質生活與親人的關懷，妳過得衣食無缺，活脫脫像是一位公主，所以，我肯相信妳很難想像我是怎麼長大的……

　　那一天，我們吃了麥當勞，還去了遊樂場，我倆像同齡孩子一般地大笑大鬧。還記得，那時我因為玩得太過興奮，忽然喘不過氣，臉色瞬間發白，妳急著對我大喊：「弟，你怎麼了？你怎麼了？你先休息一下～～我們先不要玩了，要不要現在去醫院？」妳非常緊張，那位自稱是我爸爸的人也很緊張，你們完全被我嚇到了。我急忙拿出隨身攜帶的氣喘藥，鎮定地說著：「沒事……沒事……我沒事。我吸幾口噴劑就好了。」妳一直想接近我，想扶我坐下，我急忙推開妳說：「妳別過來！我休息一下就好了，沒事，我真的沒事，妳……妳別過來！」

　　姊，我不是要故意甩開妳的手，而是我很怕被妳同情。我怕肌膚之親的熱度，也怕敞開心胸的擁抱，更害怕那些來不及消化的多重情感。我天性內向，很少和人有親密的接觸，青少年時期的我活在暴力的虐待中。那個家裡沒有床可睡，好不容易挪開一個窄小位子躺下，半夜往往會被人一腳踹在肚子上，那人是我媽的伴侶，被我稱為「叔叔」。那個家裡常常沒人、沒燈、沒食物，我肚子餓時會直接去同學家蹭點便飯來吃，就這樣過著有一餐沒一餐的生活。

　　這些經歷讓我明白「錢」很重要，「錢」可以滿足很多事情，所以我開始到處尋找可以打工的機會。然而，別人口中的「團圓飯」，我從不知道是什麼滋味？我經常穿著別人不要的破衣服和舊布鞋，那些別人不要的衣物竟像是我全部的家當，而我看起來和淪落街邊到處流浪的孩子沒什麼兩樣……

　　「弟，我們都住在同一座城市，只要我放假，就載你出來玩，我們一起吃飯，好不好？」那天妳對我說了這句承諾，我彷彿找到一把鑰匙，開啟了我對親情的索求也釋放了我心中很多渴望、冀盼──我想吃好的、穿好的、用好的，過著和別人家孩子一樣有腳踏車、有零用錢、有人關心的生活。

　　妳留下了電話，交代我不管遇到什麼問題、發生什麼事都要和妳聯繫。妳的表情非常認真，像是害怕那天分開之後就會再也找不到我

似的。那時的我還小，回家後便把妳的電話給了媽媽。

　　沒想到，等了很長的時間，都沒有妳的消息，當時，我覺得妳也是個騙子，肯定是把我丟下了，妳一定也不要我了……於是，我的心中再沒有任何期待。

　　「弟，明天下課我去載你，我們去吃好吃的吧！」妳非常開心地和我說。

　　再次接到妳的電話，我竟有些不適應，只是冷冷地表示：「嗯。」

　　其實，我那時內心是高興的，只是我不知道該怎麼表達、要不要表達，因為我以為妳不想理我。那個晚上，我們吃著火鍋，我鼓起勇氣問妳：「為什麼妳要對我這麼好？」妳忽然放下碗筷，擱下了本要撈起的肉片，將滾燙沸騰的湯水轉成以小火清燉保溫。妳的表情變得相當嚴肅，然後認真地看著我說：「弟弟，你要知道一件事，不管這世界如何毀滅，你和我都是有血緣關係的人，所以，我很珍惜你出現在我的生命中。我希望讓你過上好的日子、好的生活，我自己也是一路辛苦過來的，你自小沒有爸爸陪在身邊，而我的媽媽在我國小時就離開了，我們都只有一半的幸福，現在我們遇到了對方，就應該要一路相伴、一起向前走，這也是爸爸之所以希望我們相認的原因，這樣我們才能互相照應。我從來沒有過過什麼公主生活，我很早就離家到

異地打拼，所以你不用羨慕我，我只是習慣讓自己看起來過得很好，比誰都堅強地活著罷了。」說完，妳對我露出了一個真誠的笑容，從那一刻起，我開始體會到什麼是手足之情，而妳原來也有一段在面對成長時所受的傷痛過往，讓我心中萬分不捨。

　　姊，妳知道這段話對我影響有多大嗎？當時，我看到妳眼眶泛紅卻沒有淚流滿面，倒是我哭得像個說錯話的孩子。妳的堅強和勇敢是我的楷模，有如偶像般值得我崇拜。偷偷告訴妳，有好幾次找打電話給妳，都是我媽要我找藉口跟妳要錢，無論是要負擔我的生活費用，或者是家裡的各種開銷。只是我內心很矛盾、難受，因為我知道妳是真心珍惜我的，我不能這樣子欺騙妳，所以我更要向妳學習獨立。

　　「弟，明後天有空嗎？出來吃飯呀！」爾後，妳總是約我出來吃飯，我們開始有吃飯聊天的默契，互相陪伴在同一座城市中。

　　從青年蛻變為成人，當兵抽中金馬獎遠離台灣，藉此學會和諧且獨立的生活態度。轉眼十四年過去，我參與妳的婚禮，妳讓很多人知道我的存在，然後，我和那位自稱是爸爸的人在妳的婚宴會場中拍了人生中第一張合照，爾後，妳常看著相片說：「我弟弟怎麼那麼帥呀！仔細看這兩位男主角，長得還挺像的，難道這就是所謂的『父子臉』嗎？」曾經，心中對親情的那份頑固執著也漸漸變得柔軟。不久

後，我當上了舅舅，偶爾到妳家玩弄小姪女圓滾滾的雙頰，才明白孩子的笑容竟是這世上最療癒溫馨的畫面。謝謝妳一路的陪伴，更謝謝妳時時刻刻給我建議和關懷，妳是我認定的親人，因為有妳，我才慢慢學會如何待人接物，開始懂得疏通自己對親情的抗拒，唯獨有個障礙就是「父親」──這詞到底是名詞、形容詞還是沒有意義的贅詞？我實在很難敞開心胸去面對這位自稱叫爸爸的男人……

「弟，晚上出來陪我吃飯吧！我們去小酌一下，如何？」那天，我們喝酒、聊天，待到了半夜三點多。第一次和妳相處那麼長的時間，我覺得非常開心。我完全體會到什麼叫做幸福的手足之情，甚至，我們還約好要一起去刺青，說要在生命中留下值得守護的回憶。何況我比妳年輕了十歲，更要讓生活更加自在快樂啊！確實不該保有太多的仇恨與懊悔。這種樂觀的精神和價值觀，都是從妳身上偷學過來的呢！

「弟，你在幹嘛？」這是妳第一次沒約我去吃飯的問句。
「我在上班啊！怎麼了，要吃飯嗎？嘿嘿～～」
「今天，我想回南部看看老爸，你等一下有空嗎？」
「下班後吧！幹嘛？」我有點不耐煩了，原因是我聽到了那個「稱呼」。

「你有空的時候打個電話給老爸，跟他說聲父親節快樂好不好？」

「不……不用吧！為什麼要打？很奇怪耶！」我沒有生氣，我只是滿頭問號，他誰啊？憑什麼要跟他問好？而且，妳當下說得越自然，我就越感覺不快。

「因為今天是父親節呀！你打電話過去給他一個驚喜如何？應該沒關係吧？說句父親節快樂，不會很難吧？」妳的回應讓我更加不滿，難道妳不知道我的心中還有疙瘩嗎？我真的耐不住性子……

「不需要吧！我沒空，也不想打！」我簡短地回答。

「嗯……好吧！沒關係，我回去再找你吧！」掛斷電話之後，我心中莫名地感覺悲傷。我心裡很酸、很痛，像是被狠狠揍了一拳，那勁道沒讓外皮留下傷痕，卻使內在神經已全然斷裂、撕毀，這是我從來沒有過的感覺，還有點像是把傷口上好不容易結的痂，硬生生扯掉似的，真的太痛了！這感受我不想再體會，也不想去面對，而我，竟有點不想再接到妳的電話……

姊，這些心裡話，我沒有和妳說過，我選擇在這裡透露，是因為我知道妳是我和他之間的橋梁。還記得那晚我們喝酒時，我問過妳：「老爸，他有愛過我嗎？」妳很驚訝地看著我，似乎被我嚇到了，這問題看似簡單，其實很難啟齒。結果，妳笑著跟我說：「有，他很愛

你，而且他沒有不要你。你出生時，他就想養育你和照顧你們了，但因為你媽媽的脾氣和性格……她拒絕接受，因而造就了這樣的命運。你不用懷疑老爸對你的愛，而且，有時我還覺得老爸可能比較愛你呢！哈哈～～」

我眼眶一陣泛紅，雖然沒有落下男兒淚，但是我知道自己將會更加勇敢地去愛你們，親情的幸福不用刻意去尋找，因為本來就都在身邊。過去之所以感到不幸，是因為我自己把幸福推開，是因為我不夠勇敢所以選擇逃避，直到現在，我才慢慢明白。

姊，妳現在人在哪裡？我好想妳耶！妳要是能像以前那樣偷偷和我聯絡就好了。妳曾跟我說過，這世界上最能夠知道妳秘密的人只有我，所以，姊，如果妳看到這些字句的話，快點打電話給我，line 也可以，反正，無論如何我都會在。

我倆身上的刺青是「蕨類」，因為妳說蕨類就像我們。蕨類植物有世代交替的生命週期，它們由雙套的孢子體和單套的配子體兩者互相循環所生，生命力很強，不管在森林、泥地、沼澤還是岩石裂縫中都能生存，就如同我倆，在各自的身體裡住了不同的細胞，卻能循環著同一種血緣的本質。因此，我認同妳我的親情基因其實沒有多大的差異，反而那小部分的分殊更能強化我們的共生共存。我很感謝妳，

讓我在二十六歲時多了許多家人,為我原先困頓無依的生命增添了更多的喜樂。

「嘿!弟,後天晚上一起吃飯吧!你姊夫生日,要不要一起來慶祝?可以約你女朋友一起過來玩啊~~」什麼?竟然想看我女朋友!還不知道和她有沒有未來呢?也不知道人家有沒有認定我了呢⋯⋯

「當然要,有好料可以吃當然要去啊!女朋友喔~~我再問問吧!」心裡覺得有點無奈卻又相當期待與興奮。

「我和你說喔!老爸今天也會來~~一起吃飯,OK?」

「喔！他會來啊～～那就一起吃呀！沒問題的。」其實，這段日子讓我逐漸釋懷很多過去的成長傷痛，我也能收拾好個人的小情緒，雖然還是會有點緊張，但想到能和家人團聚著吃飯，對我來說，反而更珍貴、更值得珍惜。我不太會表達自己的想法和感受，只是我很樂意也很享受這種成熟的接納與自我的轉變。

我和老爸的感情越來越好了，可以一起吃飯、一起喝酒，我會夾菜在他碗裡表達我的孝心，他也會盛上好料來疼愛他的寶貝兒子，然後，我們會用通訊軟體聯繫，以維持相隔兩地的親情溫度，而且，我已經開口叫他「老爸」了！他還常跟朋友炫耀我們在妳婚禮時拍的合照，一直說著他兒子遺傳到他，長得很帥！哈哈～～

每每和老爸見面，我們都會擁抱，他不時地拍我的肩膀，那不是一份沉重，而是一種肯定。我們總會握著手說下次再見，然後把所有的心意寄託在彼此溫暖的手心裡。

姊，這美好的過程都是妳對我的不離不棄，有思想地帶著我往前行，才能讓現在的我享受親情的甜蜜。

今年的父親節，大家約好一起吃飯。
現在，日子開始倒數，妳怎麼忽然消失不見人影了呢？
我想起妳曾說過的話——著急有什麼用，日子還是得過。

　　沒錯！我現在也要告訴妳：如果妳的離開只是短暫，請妳不要把秘密隱藏起來，妳就用放寬心地去釋放和宣洩吧！妳說過妳想對著山谷吶喊，也說過妳想嘗試一次高空跳傘然後假裝死去，無論妳想做什麼，就去吧！妳最愛的弟弟會永遠在這裡等妳回來。然後，妳也不用擔心老爸，我們現在感情可是比妳和他還好的呢！妳就放心去玩耍吧！

　　姊，什麼時候再一起吃飯？
　　姊，我想說的是：「謝謝妳，沒有放棄我！」
　　姊，我很想妳。

不要太封閉自己。

愛是無形的，它要來時，妳根本不及防備。

　　姊，我現在已經搬回家了，最近妳電話沒接，但我要和妳說一件很奇怪的事情。我接到一通莫名的電話，這人不知道從哪得到我的號碼，打來說要找前女友，很誇張吧！他前女友到底干我什麼事呀？這人真是怪到不行……

　　「喂～～妳好，請問妳是……住在進化路 107 巷裡的『藝術大廈』嗎？」

　　「我？你……是？你是誰？我已經搬家了，現在不住那邊了，你是誰？」

　　「我是……那個……住 3 樓 15 號的『小蘭』的前男友……我想問妳……妳有看到小蘭嗎？妳有沒有她的聯絡方式？可不可以幫我找她？」

　　「啥……」有夠誇張！這什麼電話呀！什麼誰的前男友打電話給我找前女友，這是在搞什麼鬼呀？整人電話嗎？我才剛搬回南部三天，東西都還沒整理，心情更是亂糟糟。失魂落魄地回家鄉療情傷，想著南部的好天氣或許可以讓我心情變好，現在竟然接到這種鬼電話，我真是更躁鬱煩惱了。

　　「先生，我不知道你是誰？那個『小蘭』我也不熟，再者，我已

經回南部了，沒有住在藝術大廈裡了！」氣得我立刻掛電話，到底是走什麼霉運呀我？

　　姊，妳之前有來找我，妳應該知道我們那棟社區大樓吧！他說的「小蘭」是不是那個長頭髮長得高高瘦瘦的女生？她家好像有養貓，我記得她是妳一位朋友介紹認識的吧？原來她住我隔壁？

　　我問妳喔！妳有見過她前男朋友嗎？還是說……是妳給那男的我的電話嗎？嗯……這不可能呀！

　　姊，妳去哪了啊？電話都打不通，訊息也都不讀不回，我有打給伯父，他說這陣子也都沒和妳連絡上，妳那些好閨密們我也都問過了，沒有人知道妳去了哪裡？這也太神奇了吧！那男的要找前女友，而我要找妳，現在大家是流行搞失蹤嗎？

　　姊，我們發過誓的，雖然不是妳親妹妹，但我們從小一起長大，妳有什麼事是我不知道的？總之，妳快點給我回應啦！

　　而且，那男的還繼續找我……總之，這過程可以寫成劇本，神話到不行。

　　「喂～～喂～～對不起……是我，我是剛剛打給妳的……小蘭的前男友。那個……我要說的是，如果妳有『她』的聯絡方式，可不可以跟我說？我留我的手機號碼給妳……」

「先生，不好意思，我真的和她不熟，而且，我想問你，為什麼你會有我的電話？是誰告訴你的？奇怪耶！你可以不要再打來了嗎？我現在沒有住在那裡了，再見！不對，不要再見！」真的很莫名其妙，難道我被電話騷擾了？好恐怖唷！拜託，千萬別再打來了。

「喂～～喂～～小姐，先別掛電話，我……我老實說，我是要找妳！我是要找妳啦！對不起，我先自我介紹一下，我姓何，名俊男。先和妳說聲抱歉……那個……我……」

此刻我無法讓他繼續說下去，電話裡，我吶喊的音量可能分貝破表，心情崩壞地大吼大叫：「什麼？你說什麼？你到底在說什麼？你要找我？你剛剛不是要找『小蘭』嗎？現在又要找我幹嘛？我是認識你嗎？還是你是詐騙集團？你到底想幹嘛啦？」這又是什麼狀況？這男的分明就是詐騙集團呀！超厲害的，還能先說自己是鄰居的前男友，試著攀關係來卸下妳的心房，這是什麼新招數……

「不是，不是，不是的，我認真跟妳說，我是小蘭前男友沒錯，但是，我現在是要找妳的，真的，我要找妳！我知道妳叫『林曉莉』，然後，妳有養一隻狗。」

「找我幹嘛？而且，你為什麼有我的電話？你還知道我養什麼寵物？這樣很變態，你知道嗎？」

「對不起，是我問藝術大樓管理員的，我說有急事要和妳連絡，他就翻大樓管理登記表，裡面有住戶的聯絡方式，所以，我才會有妳

的手機號碼。不好意思，我知道這樣可能嚇到妳了，可是，我……我真的很想找到妳，因為……我……我想……和妳……做朋友，不知道可不可以……」

「啥？做朋友？和我？」我腦子瞬間一片空白，這到底是什麼神展開的劇情？

「對，我想和妳當朋友，我知道妳回南部了。我是想對妳說，我們有見過面，有次我和小蘭剛回家，正要進門，隔壁忽然竄出一隻狗，牠從我們腳邊跑開，妳也跟著衝出來，非常急忙地追了上去，我們看妳一直衝到走廊盡頭，非常需要幫忙的樣子，也跟著跑下去找妳，看到妳在大門口東張西望地找尋狗的身影，小蘭還上前關心妳。那時我就站在妳身後……老實說，妳追狗的背影……好～～可愛呀！哈哈哈～～」

「對喔！有這回事，那次我找狗找很久，好像有印象了……」

「對呀！對呀！那……那……妳對我有印象嗎？」

「你？完全沒有啊！唉唷！別廢話了，你到底想找我幹嘛呢？」

「我……就真的很想認識妳，真的！可以和我做朋友嗎？我們約個時間，我去找妳，請妳和我見個面，當面認識一下，這樣妳應該比較能相信我，對吧？」

姊，這人能信嗎？是不是騙子？有人這樣子交朋友的嗎？但是，姊，我告訴妳，這人也太有耐心，被我掛了不知道幾百次電話，好

啦！也沒這麼誇張！就是連續一週被他奪命連環 CALL，他窮追不捨，只求和我見一面，這居然讓我對他也產生了一點好奇……

「曉莉，妳幾點會到車站？」

「晚上八點多吧！我要在哪邊等你？」其實我還是有點猶豫。

「妳不要亂跑，我會在驗票口等妳，放心。」

結果，是我自己坐火車北上和他見面的。「俊男」先生積極熱情，是個身高 186 的大男孩，體格像籃球員一樣高大壯碩，臉蛋五官也長得很不錯，是我喜歡的型。

那天晚上我抱持著就只是一面之緣的想法，只想見了面就走，而他說想和我交往，這件事讓我覺得他擺明就是騙子。偏偏我這人的好奇心太強，正值情傷，叛逆性格搭配復仇之心，讓我產生了想與陌生人見面並尋求刺激的想法。

我承認自己是外貌協會，所以一見到他帥氣的外表，我竟感覺有些害羞。見到我，他很開心，一點都不羞澀，反而還落落大方地邀請我去他家坐坐，但……這種邀請不就等於是說我不用回家了？好奇怪的情節……

只是我當下也沒多想，覺得不如放縱自己一次，任憑這位陌生人安排，便抱持著一種心態——如果被騙財騙色，那也是我自己心甘情願的，怨不得人。這樣是不是好傻好天真？但好奇心的確讓我只想逆

著走，那一刻我就是想去了解這個人，想知道他是否如他所說的那樣喜歡我，又或者他其實有什麼背地裡的目的。

「曉莉，很高興妳願意相信我，因為我很怕妳不理我。」

他邊開車，邊跟我說明他家的狀況，但我完全聽不進去，因為，我被這廣大的腹地給嚇到了。一座軌道式的深灰色鐵門，防備森嚴，車開進去時，我的眼前還閃過一座鐵棚，裡面停的不是車，好像是二架「滑翔翼」！

這一段路讓我感覺自己不是進入一戶普通人家的家中，而是被人載進了一座農場？車道兩旁是美化過的綠色植物，那些都不是尋常的盆栽，而油油草地上種了一整排大樹和芙蓉花，月色為這些桃紅花蕊增添了華麗神祕的氣息。我還在神遊，他已紳士地幫我打開車門，邀請我下車。我立刻收起被嚇傻的表情，快速地整理好情緒，還故意用一種高冷的態度問他：「這……是你家？」

「喔！對呀！這是我在台灣的家，這棟別墅後面還有座工廠。其實，我們只有寒、暑假會回來，其他時間都待在國外。」

「是喔！那……現在算二月……嗯……寒假時間，回來的意思是指全家人一起回來嗎？」我已經被嚇到不知道在問什麼爛問題了，心想……他……是富家子弟？

「是呀！曉莉，抱歉！我忘了和妳說，等一下我媽想見見妳。」

這位大哥，現在是什麼局面？我和你才剛見面不到一小時，你馬上端出父母牌，這是想對我說什麼？我非常明白這已經不是騙局，這分明就是誘拐人！

　　「我？你媽？要見我？需要嗎？我不就是來你家看看而已？你媽要和我說些什麼？你……你等一下……誒！你站住！你先說清楚，這到底是要幹嘛？」我拉著他衣角，要他現在立刻跟我說清楚講明白。

　　「曉莉，對不起啦！就……我媽知道妳一個女孩子從南部上來找我，她很關心妳，也很想認識妳。唉唷，妳就……和她聊聊天嘛～～應該沒什麼問題吧！」他說完這句話，還送了我一個迷人的笑容，要我接受這沒有辦法更莫名其妙的一切。

　　這人到底什麼來歷？電話裡結結巴巴、支支吾吾，現在這麼能言善道，還像是有讀心術……知道我有長輩緣，所以要用這種招數來收服我？

　　當他推開別墅大門時，我更是驚訝了！映入眼簾的是兩邊挑高六米的螺旋樓梯，全白的大理石顯現出宏偉的氣派，正門口還打造了一座橢圓形的人工噴水池，豪華瑰麗的空間裡迴盪著潺潺流水聲，隨即，我聽到有人說：「小姐，您好，這是為您準備的拖鞋。」蛤！我……我不是在做夢吧？怎麼感覺來到了皇宮？我跟隨著他的背影信步走入客廳，眼球四處亂飄，畢竟像這麼華麗的豪宅大房，我可是生平第一次來。這裡有太多不可思議的事物了，看著有錢人家的各種蒐

藏品還有藏滿珍奇異寶的展示櫃，興起了我只可遠觀不可褻玩焉的敬畏之心。地板是米黃色的大理石，擺設著高䠷的美術燈具，唯一讓我感到溫暖的是一張歐式金黃色的沙發。

「曉莉，妳先在這裡坐一下，我去放個東西，等一下唷！」

「喔～～好～～」我竟然給出了溫柔的回應，甚至還做起了公主夢，誰叫這一切實在太不切實際了！從一通唐突的電話，到見到本人，再到現在身處於這個令人驚心動魄的家中。他到底是怎樣的男子？我不知道。對他的認識，只不過是知道他回台灣時出了一場車禍，左大腿傷勢挺嚴重的，雖然已經好一個月左右了，但拄著拐杖行走並不方便，大概還需要一段時間進行復健，因此，他得待在台灣等到身體完全康復後才回上海。這麼一來，我發現自己對他的了解真是少之又少，因此，我現在根本是如坐針氈。這時，有人叫了我名字，是個女人的聲音。

「嗨～～曉莉，妳好，妳長得好可愛呀！」

是他媽媽！我馬上從舒適的沙發上彈跳起來，立正站好後，對她點頭以示禮貌。

「嗨～～阿姨好，不好意思，我第一次來，不知道會見到您，沒有來得及準備什麼禮物。」我這完全是真心誠意，畢竟，面對長輩必須要拿出最誠懇的態度，出門在外，不必虛情假意的恭維，只要得體

的基本禮節能展現好即可。

「曉莉，妳太客氣了，我們家俊男說過妳很多事情耶！現在總算見到妳了！來來來，吃些水果。阿姨問妳呀！妳是唸……設計相關科系的？現在在做什麼工作呢？家裡父母親的身體好嗎？以後呀！我們家俊男的事業真的要請妳多多幫忙了。這次他回台灣太貪玩，妳看，摔斷腿了吧！我就擔心他的行動，叮嚀他要好好休息，把傷養好再回公司。真的，曉莉，就麻煩妳多照顧他了，我們月底就要先離開台灣了，到時候妳搬來這邊住，幫我照顧一下俊男，沒關係的，當自己家，別客氣！來～～先吃水果，這櫻桃呀！是美國加州最高等級品種的，妳吃吃看，很大很甜呢！唉唷！妳怎麼越看越可愛呀！長得還挺漂亮的～～」

「阿姨……謝謝妳，妳也很美呀！身材保養得好好唷！我是設計系畢業的，沒錯。父母親身體都還不錯也都還在工作，我們家是很普通、很簡單的家庭……我剛搬回南部，目前還沒找到新工作……」

「這樣呀！還沒有工作也沒關係，妳現在就搬來這邊住吧！幫我照顧俊男，然後妳之後就跟他一起去上海打拼吧！妳的設計能力如何呢？如果有想再進修或提升自己就去補習，想要加強專業也沒問題，反正我們家族的事業很穩定，妳就放心多學一點自己有興趣的專業……這樣吧！妳明天會回家嗎？我叫俊男跟妳回去見見妳的父母，讓他給妳爸媽認識一下，然後再約個時間，我們兩家一起吃頓飯，我

也想跟妳的父母聊聊天，妳覺得如何？妳們家有什麼需求都可以提出來，我們這邊都沒問題，只要妳能好好地陪伴、輔助俊男就好了。我生了四個男孩，他排行最小，到現在還沒結婚，我真是擔心極了。現在可好，他遇到了妳，我真是太開心了，而且妳這麼善解人意，真的很得我的緣呢！」

　　姊，這些真的完完全全地真實體現在我的身上，我不是要騙妳回來才編這些故事的，這是我在一頭霧水的情況下活生生、血淋淋的體驗。我人生第一次感受到麻雀變鳳凰的感覺，而且，他媽媽真的很漂亮，但妳不覺得可怕嗎？居然被身家調查了，他們知道我唸的科系，知道我老家住哪，似乎也知道我家人的情況，妳不覺得很誇張嗎？至今，回想起來都頭皮發麻，而且，我哪時說過要當他女朋友了？這一家子是有什麼問題嗎？

　　「唉唷！媽，別嚇到曉莉了，妳不要再說了啦！曉莉～～你跟我來。」他打斷了這場大鯨魚將要吞滅小蝦米的戲碼，我總算鬆了一口氣。

　　然而，我在心裡築起一道高牆，因為，他從頭到尾都沒有老實地跟我說明想認識我的原因與目的。

　　「對不起呀！我媽就是比較心急，妳別想太多，我帶妳來見見我

哥，妳看，他們都在家，和他們打個招呼吧！」

我們沿著樓梯走上去，一層一層地拜見了他三位哥哥和嫂子團，外加一些小朋友。而這些和藹可親的笑容與落落大方的歡迎都是那樣自然，彷彿也將我視為「家人」一般。

進到房間後，他坐下來和我說明了一切。他表示自己是以結婚為前提，進而提出交往的請求，希望我能答應他。他保證我完全不用擔憂「未來」，生活的各方各面、物質的種種需求都可以放心地交給他處理。他希望我能感受到他的真心誠意，所以帶我回家和他的家人相處，藉此證明他是真誠地想和我更進一步認識彼此。他希望能藉助我的專業來輔佐其家族事業，他的哥哥們在公司裡都有分門別類的管理項目。

而他說的這段話讓我頓時無法呼吸，他說：「我知道妳一定還沒辦法馬上愛上我，但是，沒有關係，我們可以先結婚，然後我會慢慢讓妳愛上我的，感情可以慢慢培養，只要妳願意給我這個機會。」

姊，我心裡好亂啊！那天我還見到他在台灣的朋友們，我們一起去唱歌、一起喝了點酒。他很成熟，腦袋靈活，當然，我們沒有相處很久，不能這麼快就下判斷而認定他的為人，但讓我嘆為觀止的事情實在太多，我還來不及消化，所以當下我想先逃離現實，用酒精麻痺自己，反正，說不定這只是一場夢，醒來之後，我又回南部當宅女

了。誰會料想得到未來呢？「明日幾時有，把酒問青天」啊！能夠縱情於這樣的夢境中，也夠我開心驚喜了。這……就是「被愛」的感覺嗎？酒酣耳熱的片刻，他突然問我：「寶貝，明天早上想吃什麼？」我用迷濛的眼睛望著他說：「糖醋魚～～蔥花蛋～～我覺得家常料理最好吃。」沒想到，他很認真地回答我：「沒問題！」隨即親吻了我的額頭，然後，我被這一吻給嚇了醒。

我真心想吃那些家鄉料理，因為長期在外工作，最思念的就是家鄉的菜餚，想用食物的口感撫慰鄉愁、緬懷回憶，進而療癒自己。然而，他說「沒問題」，這表示他要……準備給我吃嗎？我不敢想像，只是笑笑，覺得他是在應付我。

隔天，睜開眼時，我身旁沒人，醒來坐在床邊用眼球環顧四周，這是……他的房間？！昨晚？！我不敢想像，但我身上的衣物很完整。我打開房門，管家對我說：「小姐，早安，您的早餐已經放在桌上了，是少爺幫您準備的。」早餐？我的早餐？喔！我想到了，糖醋魚！

姊，真的不誇張，桌上是三菜一湯，管家還幫我添上一碗熱騰騰的白飯。我愣在桌前，動也不動，姊姊呀！姊姊……我真的只有感動，心裡被這些飯菜的暖意給填滿了，就在我要開始慢慢品嘗菜餚時，管家走過來對我說：「小姐，這些都是少爺自己煮的唷！他說要

等妳起床後再上白飯，不能讓妳吃冷飯，也準備了紫菜蛋花湯，您要不要先來一碗？」

「喔～～這……些都是俊男煮的？」我還在等管家回應時，他出現了，一身的運動裝扮，雖然腳上的傷口還包紮著，可是體態、神情都非常陽光迷人。

「早安呀！曉莉，睡得好嗎？好吃嗎？這都是我自己煮的唷！阿姨原本說要幫我煮，但她被我請出廚房了，哈哈～～這魚還是我早上撈的呢！我家後院有養殖魚池，妳要不要來看看？來～～我帶妳去看被妳吃掉的魚……哈哈哈～～」

那天的早餐應該是我吃過最幸福的一頓飯菜，他的廚藝很不錯，煮的飯菜真的很好吃！有愛的食物最讓人吃得感動，而我們嘻笑打鬧地共度了一個幸福快樂的早晨。

我還在考慮是否要接受他的愛，總覺得自己還沒準備好，妳曾對我說：「不要太封閉自己，愛是無形的，它要來時，妳根本不及防備。」以前我覺得這根本就是狗屁！談了兩次戀愛都被甩，從說要交往到提出分手就像個固定模式，似乎一切都很公式化。以前我努力地去「愛人」，結果讓自己活得好累。妳說我標準訂太高，個性太獨立，男人無法保護我，女孩就應該要示弱，不該這麼硬底子。而我這

次回南部就是想調整自己，藉工作來麻痺情感創傷，妳可以說我是在逃避現實，但宇宙的能量就是那麼奇妙，往往不會讓你順利地得到答案，反而是衍生出新的模式來進行考核檢驗──忽然出現了這位「新朋友」，他莫名地愛上我，原因只是因為看見我追狗的背影？妳說這是什麼樣渺茫的機率呢？我這次是真的「被愛」了嗎？

　　妳，我看著妳和姊夫從愛情場跑到步入婚姻還生了孩子，可是，妳似乎沒有過得更開心，反而看來增添了不少憂愁。「愛」這個詞，

妳是否也感覺陌生？妳是否和我一樣只懂得「愛人」，卻不明白「被愛」是什麼樣子？妳總是無微不至地照顧大家，喜歡傾盡所有去付出，對於他人的給予，總是一丁點就能讓妳感動，而妳還想著要如何加倍回饋，這是否算是另一種精神折磨？我和妳討論過「被愛」，這是一門很享受的愛情學分，妳說「談戀愛」是一種「癮」，無論男人、女人都一樣，當我們處於享受「曖昧」的兩人世界，大腦分泌的多巴胺成分會讓彼此都產生正能量。而戀愛中的男女，肢體語言也會瞬間變得充滿氣質。當然，談戀愛也可能會讓彼此產生猜疑、忌妒而充滿妄想，導致自己開始被慢性精神疾病纏上，最後，再用一句「被戀愛沖昏了頭」套入自己的狀態。妳說在交往的過程中必須坦承彼此的戀愛目的，妳還提點我，應該要多認識異性，透過他人來了解自己的優缺點，結交的異性朋友必須是獨立的，自己也必須能自主，不要一展開戀愛關係就完全投入，對對方產生依賴性，更不能因為談戀愛就縮小世界，這會讓自己受到傷害的。妳說的話我都有放在心上，因此，面對一段新的感情，我覺得自己變聰明了。

現在，對於這位豪門富二代的追求，後續會發生怎樣奇幻的故事，等妳回來再告訴妳吧！他之後一直討著要來我家裡見我爸媽，我實在不知道該怎麼介紹，而且我還有很多事情要跟妳討論呢！

姊，妳過得好不好？我想妳了，快回來吧！我需要妳的建議啊！
如果……如果……妳真的一個人去旅行，那妳要多注意安全喔！
如果……有豔遇的話……嘻嘻～～記得要快點回來跟我分享。

I miss you, my sister.

明知道不可能，仍想說出口——
妳好，我就好。

「喂～～是我，抱歉～～打擾你睡覺了，我是要提醒你，小米粒的衣服放在衣櫃的第二層喔！你有聽到嗎？喂～～喂～～」是妳的電話。

「嗯～～好～～謝謝……」我累到無法說話，來不及反應，怎知道這竟是妳最後的溫柔。

那是凌晨一點多的電話，都快忘記妳的聲音了。為什麼它不是文字訊息但那些字句卻會反覆出現在我腦海中？

妳……究竟去哪了？

我睡了又醒，腦中迴盪著妳的身影，我又失眠了。難道真的再也聯絡不上妳了嗎？妳真的很誇張！是在演電視劇嗎？我告訴妳，如果妳要這樣消失不見，我寧願自己從不認識妳。因為，我真的不想……不想這樣……不想妳這樣莫名其妙地消失。

人在心中的那份念想，如果因為會因時間而流逝，那麼在我生命中，只有妳，是我最不想放棄的。

天知道我有多想再見到妳，若我能再見到妳，我會緊緊抱住妳。

沒別的，就是一個真心的擁抱。而我對妳的愛慕，就像一杯冰咖啡，不能點熱的。因為熱度會為咖啡的香濃增添醇厚的口感，讓我對妳的愛戀更揮之不去，所以，必須是冰咖啡，能讓口中散發著美醞香氣，也能瞬間將我對妳的熱情降溫。

「你好，我們是新搬來的鄰居。這是自己做的蛋糕，請你們吃！以後請多多關照囉！」我還記得妳第一次和我打招呼的模樣，非常親切，個子嬌小可愛。但是，我想告訴妳，我真的不喜歡吃甜食！

「謝謝，妳太客氣了，以後有什麼事都可以來找我，我可以幫忙的～～」我是怎麼了？我真的幫得上忙嗎？到底有沒有需要這麼親切地回應妳呢？而我知道自己想太多了，大家都是有家室的人，上有老下有小，妳不過只是個鄰居而已……嗯！妳就只是個鄰居而已。

「Hello！有人在家嗎？」門鈴響了，是女人的聲音？

「誰？等……等……等一下喔！」這是幹嘛呀？難得假日可以放鬆看個球賽，老婆帶著孩子回娘家，根本是老天爺賞賜的大好時光，到底是誰來添亂？破壞我美麗的心情，自在地穿著內褲時還要急著找件外褲搭上……唉唷！褲子到底是丟去哪了？等一下我開門肯定要擺個臭臉，看看是誰這麼大膽！

「誰呀？！」我氣沖沖地推開大門，黑框眼鏡恰巧滑下，卡在我怒氣直瞪的臉龐上。

「對不起，打擾到你了。我家女兒今天四歲生日，我們準備了Pizza、炸雞和其他好吃的食物，想跟大家分享。來！這些是給你們的。」原來是妳！那一刻的妳，笑容像太陽一樣暖和，竟讓我的怒氣

都消了。咳咳，我形容的是比較噁心一點，但我也只會在妳面前說這些煽情的讚美，對其他人多說一個字，都令我難忍。

「喔，謝謝，妳家孩子四歲啦？很可愛呢！我家小米粒才一歲多，還是個小娃娃。總之，謝謝妳，那……那請妳等一下喔～～」我放下食物，就是想拿個小禮物送妳家寶貝。最先瞥見的是我桌上那珍藏已久的金鋼狼公仔……這不行！這是預定半年以上才拿到的美國原裝進口玩具，以後我還要拿它來賣錢。然後，我忽然想起櫃子裡有個迪士尼公主系列的水壺，是粉紅色的，嗯……就決定是它了！最適合當生日禮物。

「來來來，這個送給妳家寶貝，這可是叔叔……不，是哥哥，去日本買回來的唷！哈哈！」看著妳接受禮物的害羞表情，然後我們在門口談天說笑。原來，這些舉動都是慢性疾病發作的前兆，每每回想起來，都會喚醒我心裡沉寂許久的情愫。

妳不知道的是，只要和妳有關係的人事物，我都會特別珍惜。想起剛認識時，妳常來我家裡走動，因為妳嫁到外地，很少返鄉，所以特別喜歡來找我爸媽聊天，妳說妳喜歡和老人家暢談歲月回憶，也能藉此惋惜並懷想自己逝去已久的奶奶。妳時常送食物來和我們一起分享，與我老婆大談育兒經。對一個陌生鄰居來說，為什麼妳可以如此地無私奉獻？我啊！就是欣賞妳的真性情，是那樣自然又這麼舒服。

「妳好嗎？」現在秋末冬初，我開著車，早晨七點多的陽光從東邊灑落並傾倒進車窗中，手臂上有朝陽的溫度。妳曾說過，每天必須晒一點陽光，讓身體吸收能量，太陽正是最好的補品。所以，每當陽光灑落在我肌膚上時，我總會幻想這是妳溫柔的輕觸。而此刻，我又想起了妳。

　　上回妳在電梯內失去了笑容，我看得有些心疼，鼓起勇氣問妳怎麼了？結果，妳黯然落下淚滴，著實把我嚇一跳。為什麼妳這麼傷心？妳可是我心中的小太陽呀！妳發生什麼事了呢？當下我急著找衛生紙，急著要幫妳擦去淚痕，畢竟，我最怕女人哭了，那時我真的不知道該怎麼辦，還傻傻地追問：「妳……怎麼了？」而妳竟眼淚潰堤，不斷啜泣。那一瞬間，我真想伸手把妳擁入懷中，把胸膛借給妳，讓妳哭個夠，但我也只能說：「妳別……別哭了，好不好？那……那個……」然後語塞地端看著妳哭。

　　「請問，你……你有 Line 或微信嗎？」妳強忍淚水，收起悲傷後問我。看妳這模樣，我感到非常不捨。

　　「有呀！我加妳好了，妳電話號碼是幾號？」我小心翼翼地輸入著妳的電話，深怕按錯了任何一個數字，就會破壞這段既隱密又危險的關係。

回家後，我很想傳訊息給妳，只可惜，我太害怕開啟這道關心後可能發生的連鎖反應，因此，我讓自己回歸家庭，看老婆抱著小米粒濃情相依的情景，腦中卻飛入妳我在電梯裡的情境，畫面對比，讓我臉部表情瞬間因尷尬而僵硬，但心中竟萌生出一股莫名的甜蜜感，讓我小小的心臟狂奔、猛跳。

自從上次留了電話後，妳偶爾會傳訊息來跟我說些難以啟齒的心事，我扮演著專注傾聽的角色，給妳最真誠的回應。妳說，有些秘密是無法和女生說的，偶爾聽聽異性的想法，反而可以得到另一種見解。我對這個觀點有些質疑——為什麼女生總是有那麼多秘密？有些事情聽起來不像是個問題，而妳似乎也不期盼答案，大多數時候倒像是在訴苦。有時，妳的訊息會展現出妳的無助、悲傷與憤怒，但是，過沒幾天，當我們在電梯遇見時或當我們帶孩子去公園玩耍時，兩家人的互動、寒暄卻又那麼親密開心。每次，我都想問妳：「妳真的開心嗎？」妳的外表與內心矛盾衝突，到底有沒有人了解妳需要被關心、被照顧？因此，每當我收到妳的訊息，每當我多知道一點妳內心深處的祕密，就會讓我更想疼惜妳。

「日久生情」這個詞反覆煎熬著我，很多時候都是因為時間久了、互動多了才開始萌生情愫，內心的小劇場也會隨即展開。而我們

幾乎天天見面，感情也算好，幾乎什麼話題都能聊，那麼⋯⋯這樣算是愛情嗎？我不知道，也不想探討。

　　如今，妳失聯了一段時間，我才慢慢明白妳在我心中早已佔據了一個特別重要的位子，有別於其他的人，妳走進了我的生活，不是侵入，而是同在。

　　我沒有妹妹，妳沒有哥哥，我倆的原生家庭有些相似，當然，這藉口也是我刻意說的，不外乎就想多保護妳一點。但事實上，我只敢活在妳的手機裡，當個男閨密或是一戶要好的鄰居。正因這樣的關係讓我們既能持續見面，又能保有互動，我也才能如此大膽又膽小地欣賞妳，觀察妳三百六十五天的性格，審視妳隨季節變換的裝扮。看妳穿著運動勁裝，我便激勵自己去健身，保養體態；偶爾見妳，裙擺搖曳地在電梯內飄散著淡淡的髮香和那些妳喜歡的自然木調系香水味，最常聞到的是清新的茉莉花香。妳的內在是小女人楚楚可憐又充滿嬌氣，妳的外在卻是豪氣直爽地和我稱兄道弟。妳具備了多重的形象，在我的生活中交錯、來去，為我平凡的日子增添不少樂趣。

　　我喜歡妳向我訴苦，和我分享生活中的大小事，正因如此，我養成了一個壞習慣──和妳說早安、和妳道晚安。雖然只是透過文字來表達關懷之情，裡頭卻蘊藏著我不為人知也不可告人的心意。然而，

不管妳有沒有回覆，我都希望妳能繼續接受我的關心，讓我守護妳的秘密。請妳放心，我絕對不會把妳的心事告訴別人。

曾經我們討論過婚姻與愛情是否能共體生存？妳說兩者有點難兼具，而我就自己的經驗來說──共體完就沒共識，因為性格問題會造成兩人相處時的痛苦，所以我也只能祝前妻幸福，這或許也算是一種愛情？！

當時，妳沒回應我，我便接著說下去：「妳懂得愛，或許這是妳的樣子，若另一個人在妳身後默默付出，他不求回報地對妳好，那也是他愛的方式。妳還是得認同別人的愛，不該只用自己的方式去愛或接受愛。」

妳沉默許久後，問我：「那你呢？你是要愛人還是要被愛？」

我當下愣了，只回傳給妳一個「笑臉」貼圖，然後，沉默。

提起愛情，總是伴隨著憐憫，而我希望妳不會這樣看待我。我不是不相信愛情，只是我離婚又再婚，只是我傷人也傷己，不過是多了點經驗可以來和妳分享，但請妳不要試圖挖掘我內心深處的疼痛與恐懼。因為妳不會知道，我害怕的是當我對妳的情感變成愛情，我們將無法再像現在一般親密，我更害怕的是我將會失去妳。所以，現在和妳失聯，這感覺有如失戀似的苦澀蔓延，讓人難以下嚥。

親人如己，每次看妳和我家人的互動，我心底就會更喜歡妳一點，這種暗戀不知道都上演了幾百回。看見妳笑，我就會不由自主地笑了起來；知道妳難過，我好像也會不開心個幾天。偶爾妳搞消失，不回訊息，也沒見到妳出門，想去按個電鈴，問妳在不在家，卻總是站在妳家門口，思索躊躇，最終，往往扭頭拖著步伐回家。這些獨角戲都在霎時上演，心中的火花又總在剎那將熄。

　　妳不會知道的是，妳在我手機裡的代號是「Honey」，看著這極隱私又專屬的暱稱，我總會心生竊喜──真好！妳就住在我隔壁。

　　「最近好嗎？好久沒有遇到你了，你老婆說你出差了？」

　　這是妳曾發給我的訊息，是一句表示關心的問候。我收到這訊息時，刻意晚了一星期才回覆妳。那時的我心情正差，所以不想帶給妳負面的能量。妳知道我是創業自營公司，壓力非常大，有時我們聊創業經驗，妳說起白手起家的歷程，內容既豐富又新穎，妳也給予我很多鼓勵和支持，像妳這般聰明賢慧的女人，又總散發陽光的氣息，我真是羨慕妳老公，要有多幸運才能娶到這麼好的太太？

　　「哈哈，想我呀！別擔心，我再一兩天就回去了。」

　　我們很有默契地玩起文字遊戲。那時妳沒有秒讀，應該是在忙著照顧孩子，不然就是去運動健身了。妳的生活情況，我很清楚，這樣

說好像自己是隔壁老王或是查妳行蹤的變態，但我不是，這只是因為我們有很多共同話題，我們有默契且無話不談，我的秘密也都和妳全盤托出了，而妳可別向我老婆求證什麼呀！

今天我又出走了，在酒店裡翻著妳過往的訊息。循著文字猜想妳去了哪裡，我就像個偵探一樣，拼湊著好多地名，甚至是人名，臆測那些可能傷害或傷害過妳的蛛絲馬跡。心裡特別難受，而眼皮也無力地附和著，我躺在床上，滑動手機，但身體卻僵硬著，不知道過了多久，最終才潛入夢鄉尋覓妳。

「伯父還好嗎？有需要我幫忙的事嗎？現在醫院裡有人照顧嗎？我有時間都可以幫忙的，你別客氣唷！」
這則訊息讓我感覺到妳的擔心，妳急促的口吻讓我因為妳的貼心而感動。
其實，老爸需要留院觀察幾天，家中人手嚴重不足。七十多歲的老媽，雙腳行走不方便，老婆的工作又需要輪班，看起來我的時間最彈性，但可能時不時得回公司開會，還得輪流照顧孩子……唉！我完全亂了手腳，如果有人能幫忙照料，當然會好一些，但我還是回覆妳：「沒事，沒事，別擔心。只是我必須要多跑來跑去罷了，唉！」
妳當下便聽出了我的弦外之音，毫不猶豫地說：「這樣吧！小米

粒讓我來幫忙照顧吧！我和你老婆商量一下時間，孩子就由我來幫忙照料，你可以專心在醫院照顧伯父，沒問題的。」

現在回想起這件事，我心裡覺得特別暖，看妳為我的家人付出，總當成自己的家務事一般，讓我好生慚愧，因為我從不曾像妳這般古道熱腸。

妳的出現，讓我學會感恩，也更懂得感謝，妳讓我看見無私的奉獻都來自於真心誠意。

現在，我聽著妳曾經與我分享的那首歌曲，在 2008 年上演的老電影《Once》的主題曲〈Falling Slowly〉，妳說妳最喜歡這首歌的旋律。那時，妳對我說：「人一定要懷抱夢想，不管我們是什麼樣的身分，遇到了多少困難，都要為彼此加油打氣，我們必須要更努力地活著、愛著身邊的每一個人。」

如今，我過著我的日常，踏著妳曾踩下的足跡；而 62-602 門牌號碼永遠存在。

不管妳在哪裡，明知道我們之間不可能，我仍想跟妳說一句──妳好，我就好。

Take this sinking boat and point it home

We've still got time, raise your hopeful voice

You had the choice, you've made it now

Falling slowly, eyes that know me

And I can't go back

Moods that take me and erase me

And I'll paint it black

You have suffered enough and warred with yourself

It's time that you won

檢視自己的能力，果斷地往前走。

認清自身的責任與義務，千萬別被情感勒索了。

　　油鍋一定要熱，開中火，滴幾滴水在鍋中進行測試，如果水滴變成圓滾滾的水珠且快速地在鍋內滾動，就表示油溫已達 120 度左右。此刻，灑點生鹽以隔絕食材與鍋子的沾黏，或在鍋底塗些生薑也行，熱鍋完成後再加入些許冷油，拿一支筷子插入油鍋中心點，筷子邊緣若冒起小泡泡就可以開始煎魚了。千萬記得，魚身上不能有任何一滴水喔！

　　我總在心裡滴咕：為什麼煎魚的學問這麼大？我從一個完全不會拿鍋鏟的人，到現在可以一口氣料理五菜一湯，裡面還包括這道難度最高的「煎魚」。魚身必須骨肉完整，外皮不可破損且要呈現出金黃色澤，魚皮口感要酥脆，同時，魚肉得保持多汁軟嫩，訣竅就在於魚入鍋時絕不能油爆！多數人會沿著鍋邊讓魚身滑入鍋中，但煎魚其實要在熱鍋準備好的瞬間，利索地捏起魚頭、魚尾，將魚垂直地放入油鍋中。妳說這方法是位老師傅傳授的，算是妳的煎魚小訣竅，妳還表示：「做料理並不難，只要掌握好節奏，加上一些小技巧，人人都可以是廚神！」

　　我就屬傻人有傻福型，沒有製作創意料裡的天分，只會跟著抄寫的筆記和專家的食譜，按部就班地照步驟完成，人家說一就一、說二

就二。而我的料理之路與烹飪技巧，全靠妳的影音與圖片，讓我能一次又一次地反覆練習，加諸一點一滴的經驗累積，才慢慢卸除黑暗料理界的名號。連去菜市場挑菜、殺價、秤斤論兩，我都要打視訊電話詢問妳，正可謂是「聽話的好學生」。感謝妳沒有嫌棄我這麼一個駑鈍的料理小白癡，始終不斷地磨練妳的耐心。我打從心底覺得對妳不好意思，所以，下定決心要學會做菜，成為妳在「海外」的驕傲，等妳再來廈門時，我將會端上一桌好菜給妳品嘗，畢竟，名師出高徒嘛！哈哈～～

　　「嗨～～兔，好久不見～～妳好嗎？記得我是誰嗎？」

　　那時，我真的聽不出來，只覺得這聲音好熟悉……

　　「妳是？嗯……對不起，我聽不出來妳是誰……」

　　「我是 Celine 呀！還記得我嗎？嘿嘿～～」

　　Celine！我怎麼可以忘記這名字，又怎麼可能忘記……我記得！我記得！我真的記得妳！我們失聯了好久，至於當初為什麼會失聯，我已不在意也想不起。年少時期同甘共苦的種種回憶，透過那通電話全都找回來了。我激動得眼眶泛紅，真的非常高興能接到妳的電話，這份姊妹情誼一直是我珍惜的，因此，瞬間在心裡浮現出我倆當初曾許下的約定。

　　「我和妳說喔……我要結婚了！」

「妳？真的假的？！恭喜！恭喜妳！是那位……愛情長跑的男生嗎？」

「哈哈哈～～對！是他。唉唷！我的重點是要問妳，妳還記得我們十九歲時說過的約定嗎？那時候我們說過……」

「誰結婚就幫誰畫新娘妝！」我們時隔多年還能異口同聲，這語調與默契讓我倆紛紛在電話裡大笑出聲，然後立刻開啟女孩子長舌聊天的八卦模式，嘻笑一整晚以維繫閨密情誼，致敬友誼長存。現在回想起來，那晚彷彿是昨日。

今天，我接了一場喜宴，幫新娘化妝、做造型。我拿著她晚宴用的這對頭紗，將要幫她搭配一對中國風的耳環，她挑選的顏色和妳當初一樣──硃砂粉紅，高雅不脫俗的經典款。

甜美的回憶忽然奔湧而來，我服務過上百位新娘，體驗過無數場幸福婚嫁，聆聽過上萬句祝福詞語，而我只是一如往常地希望為新娘們服務到最好，讓她們用最美的面貌出嫁。唯獨那時做妳的新娘秘書，從事先的規劃到真正的執行，都讓我不捨而感慨，我覺得自己就像是妳的家人，對妳我之間的友誼充滿了感恩與珍惜，只願我倆姊妹情誼亦如結髮夫妻的山盟海誓般。

「是我……怎麼辦？我是不是做得不好？是不是很笨？是不是什

麼都不會？為什麼他要這樣怒罵我？帶孩子本來就不容易，誰天生就會當媽媽？他總是嫌我、批評我帶孩子的方式，妳說，我又是怎樣？為什麼每次都是我的問題？他難道就沒問題嗎？在外面和別的女人開心尋歡的時候，有想過我嗎？誰不想過得自由自在？嗚嗚～～我真的覺得好怨好孤單……嗚嗚～～還好妳還在……嗚嗚～～妳知道嗎？他又……」我總是撥打這種充滿負面情緒的抱怨電話給妳。

「唉唷！又來了，又來了，妳和妳老公又來了。幹嘛這樣呢？言語暴力也是精神虐待的一種呀！X的，這樣妳也有辦法忍受？！說真的，妳這樣的電話內容，我已經聽很多次了……我明白地問妳，妳還愛他嗎？而他還愛妳嗎？」

「嗯……我知道……我知道我們吵了好幾次，但妳說，我還能怎麼辦？我應該怎麼辦啊？他就是無止境地嫌棄我，沒有想過被傷這麼多次的我會有多心痛！」其實，這通電話是躲在廁所裡打給妳的，從沒有人看過我傷心落淚，從沒有人知道我的婚姻觸礁，就只有妳。

「唉！我問個較私密一點的問題……你們性生活協調嗎？妳要老實回答我，到底……你們過得如何？恩愛嗎？『性』這方面是夫妻生活的調劑，你們是不是……不太好……」

「這個……那個……嗯！不好。」我知道妳說的調劑方式，撇除他嘴壞外，對我倒是不差。可是，他曾經出軌的事情在我心中已劃下一道如鴻溝般的傷口，既難以跨越也難以撫平。加上，誰能這樣長期

地忍受怒罵的言語？我心裡很累。而夫妻性生活是否美滿，老實說，我們已分房睡很久了，這當然不只是我的問題，男人必須尊重女人，要讓雙方都能享受生理需求的歡愉，兩人的心理則需要先得到相對應的溫柔安慰。

每每和妳結束通話，我都會獲得新的領悟和力量，不管是心理層面的安撫，抑或是生活面向的實踐，妳就像是我心靈的燈塔，也是我唯一可以依靠的避風港。

親愛的，近來我每天都會打電話給妳，雖然每次都無人接聽也沒有回應，但妳應該知道我很擔心妳。有時，我會思考是否是自己的婚姻問題影響到了妳？是不是我的負面情緒太多而給妳造成了壓力？妳為什麼不接電話呢？另一方面，我回想起妳來廈門找我的模樣，妳愁容滿面，是我從沒見過的傷心面貌。我不愛喝酒，但全世界就唯獨和妳對飲，因為，與妳相處時才可以讓我自然自在、放鬆放縱，與妳一起時才可以舒適放心地開懷聊天。

那天，妳喝醉了，顛簸地走進我家，然後，妳哭了。妳的淚水嚇到了我，我無法想像那樣堅強的妳，竟然會這樣崩潰。那陣子我提心吊膽地，深怕妳想不開，雖然我表面上很平靜，言語也很冷靜，但是我簡單的一句「妳還好嗎？」竟使妳悲痛欲絕地哭泣，我便不願也不敢再多言了。妳是不是壓抑太久了？反觀自己，倒顯得太過玻璃

心……或許，我沒有妳那麼獨立堅強，可是，妳也別讓自己活得那麼緊繃而找不到情緒宣洩的出口，明白嗎？我就擔心妳什麼都不說，擔心妳是有口難言。

　　我在海外申請的「台灣省青年創業補助計畫」已順利地審核通過了，這件事讓我有些感動。本來，我不知道自己的能力到哪，也不知道自己是否要參與徵選，幸好妳從旁鼓勵我、給我勇氣，讓我能勇敢地邁開步伐。當然，這件事情也必須感謝他一路的陪伴，以及他所提出的事業相關建議，卓為踏實。老實說，我和他的關係如果是同事或好友，似乎會輕鬆許多。可惜，回到「夫妻」關係，馬上就相看兩生厭。

　　妳問我還愛不愛他？他還愛不愛我？這問題對水瓶座 v. s 雙子座來說，根本無解。我就像是在外太空行動的外星人，他則是標準的能言善道，不管遇到什麼星球的生物都能夠談天說地，那妳說我們要怎麼評估箇中愛情？我們可以愛得天花亂墜讓他人稱羨，更可能踐踏彼此、毀謗彼此而過得水深火熱。為了維持日常生活的平靜和諧，我多次容忍並嘗試犧牲，結果……

　　妳說我失去了自己，不應該如此這般地容忍，妳告訴我：「夫妻之間是無法計算付出的「量」的，本質上這根本沒有對錯，只有彼此

願不願意包容對方的全部。而他的惡言相向，或許都有其原因……」。

「哪有什麼原因？他就是嫌棄我在家裡沒事做，帶孩子也帶得一塌糊塗，然後對我說著妳這麼漂亮怎麼不懂得把握優勢，然後開始把我從頭到腳地數落一番。反正，他就是打從心底看不起我！」

「唉唷！先別這麼想，我問妳，妳了解妳老公的成長背景嗎？你們在一起到結婚生子多久了？有七年左右吧！妳認真地回答我，你們有沒有聊過彼此生長過程之類的話題呢？」

「成長背景？這……好像沒怎麼深聊，我只知道他有個弟弟，然後曾經過得很辛苦，所以他從小就很獨立，然後……他說自己的童年都是一個人挺過來的。每每提到這話題……他就會欲言又止……也沒有什麼重點似的，感覺他不太想多聊。」

「是的，那妳了解他的惡言相向背後的含意嗎？這是我個人的推測和分析，妳可以參考看看。他靠自己獨立生存，是否找很多方法來支撐生活呢？他現在有了自己的孩子和伴侶，身為一家之主的他要提供金錢來源，總是為了錢，忙到沒時間照顧好自己和做自己想做的事，這些付出會讓他想起曾經的怨懟，因此他會希望自己的孩子像他一樣，能獨立自主，而妳做為年齡相當的伴侶，他心中會對妳樹立起一道高標準，妳會被逼迫著要達標，如果看到妳那般輕鬆自在，便會觸碰到他那條反射神經，心中的厭惡忌妒會讓他變得口無遮攔。」

「喔！妳是要說……原生家庭、成長環境會影響個人言行吧！」

「是呀！妳再想想自己的背景，每個人都不一樣呀！其實，他就是那張嘴特別愛謾罵、數落別人，出一張嘴來遙控人事物，但他心地不壞，我看過他照顧孩子的模樣，很有愛心也足夠溫暖，所以，我想，只是他心中的期望值比一般人高了一些。那麼，妳可以重新建立溝通模式，和他一起在生活中取得平衡點或是一起尋找情緒宣洩的管道，讓他知道不可以胡亂撒氣在他人身上。」

「對呀！妳後面說的這些才是他要學習的，因為，誰也無法忍受長期的怒罵。」

那時候，我藉著這樣的分析，對周遭的人事物進行觀察。我承認自己有點少根筋，水瓶女孩本就是無規則的形體，給我什麼容器，我就會變成什麼樣的模型。我體會得到能成為妳的朋友是太幸運的事，妳除了聽我抱怨，還提供了我很多建議，並和我分享妳的生命感悟，感謝妳總是扮演我的垃圾車、清道夫。妳可能不知道的是，這些年來，我因為妳成長了有多麼多！

回想六年前，我人還在台灣，每天都會記帳、寫生活計畫表，讓自己過得更充實，其實那時的我，一個人過得也還算不錯，努力地走好自己的道路，節奏感抓得挺好。不怕人知道，我是先有後婚的，和他一起到大陸落地生根。那時不知道這根是否能成長為大樹，而現在

則是絲毫不敢想像……但是，我以前的好習慣都消失不見了，生活變得只為了孩子兜轉，都快忘了自己的生存價值與人生目標。要不是有妳在身邊給我提醒、鼓勵，我怎能有勇氣繼續往前走。妳問過我：「是否害怕一個人去面對問題？感覺很多事都要靠別人，創業的過程是不是很害怕、很孤獨？」妳不等我回答就接著說：「這世界是互相依靠的，共存才能共好。不要以『靠別人』這三個字來綁架誰的行為，應該將之解讀為『互助合作』。每個人的專才都不一樣，當我們擁有充滿愛與善良的包容心時，相處才能散發『真誠』的氣場，朋友們也會自然而然地願意主動為彼此付出，所以，千萬別因他人對妳好就抱持愧疚之心。」

「是嗎？我總覺得是自己不夠獨立，都要靠別人幫忙、依賴朋友才有辦法前行。」我小聲地說出心中的盲點。

「是的，人本來就需要被推動，創業的道路本來就是孤獨的，或許我們都很懂得規劃未來、設定目標，這是好的習慣，但是，很多創業者往往會滿臉問號地理不出頭緒——為什麼原本設定的目標和後來做的都大不相同呢？好像變成客戶在教我們該怎麼做老闆似的……其實就是要透過客戶的反應與建議，我們才能逐步完善並調整好自己，一路走來就得靠信念與勇氣堅持奮鬥，這樣才稱得上是『創業』。相信我，創業路途中的每一步都會讓人甘之如飴的。客人推動著老闆前進，不代表老闆被客人駕馭，而是指這樣的老闆能順應潮流、改變固有模式，如此才能有容乃大地創造出利人利己的價值，而現在的妳不也是走在未來潮流事業的開端嗎？」

談起生意經，妳總會給我當頭棒喝，妳以沉穩的心態和正面積極的態度解決身心靈的問題，是我該學習效法的對象，妳說我事務太繁雜，容易忘記初衷，忘了要停下來檢視自己的能力和成果，也忘了要更果斷地堅持信念、繼續往前走，還忘了要認清自己身上的責任與義務，妳要我千萬別被情感勒索。我真的很謝謝妳提供我這麼多生活方面的建議，也很謝謝妳不厭其煩地接我的電話。

現在，換妳打給我訴苦了吧！好久沒聽到妳開朗的笑聲了，那可

是我的精神口號呢！或者，若妳想要我聽聽妳的煩惱、悲傷，我也會義不容辭的。總之，妳到底去哪了？

　　先說好唷！這次我會回台灣過新年，屆時我可要見到妳唷！別搞消失了，快給我出來！我們不是還計劃要一起出國旅行嗎？趕快回我電話，別讓我直接殺去妳家唷！

　　謝謝妳這些年來對我的付出與關愛，妳是我家人一般的存在。

　　有妳真好，謝謝妳讓我過得幸福美滿。

每個人都是特別的，沒有誰複製誰的人生就能好過。

Do be yourself. Enjoy your life.

「真的好想養貓唷！可是會鬧家庭革命，怎麼辦～～」我認真地問妳。語氣中帶著嬌羞的渴望，面對貓咪，我整個人就變成了奴隸。

「不能養嗎？貓不像狗呀！妳爸應該可以接受吧！像我就真的不能養，對貓咪過敏，接觸五分鐘可能就要送醫院了，因為會整臉紅腫、發癢，咳嗽不停，非常嚴重！但我覺得養貓咪感覺比較方便，不用帶牠去大小便，看我家那兩隻狗，等一下我還要回家，帶牠們去放放風～～」妳用一種非常無奈的表情回應著我，但眼神卻透露出等待我回應的訊息。

「喔！妳家的拔剌～～我超愛牠的，牠現在好嗎？」我其實很喜歡大型犬，妳也知道的，不是？

「牠喔……現在老了，都要包尿布。尿道那邊會滴漏，醫生說可以吃藥控制，但需要長期治療，加上牠年紀大了，狗狗的十二歲換算成人類的年齡，大概也六十多歲了，這是老人病嗎？唉……我們老了也會這樣嗎？也會需要包紙尿布嗎？天啊～～我不敢想……覺得很恐怖……」到底有誰能從聊寵物聊到自己的老年啊？就屬妳最跳 Tone 也最幽默，而這些都是我和妳的相知相伴。

曾經和妳說過，如果妳是男的，我一定會跟妳結為連理，因為，

妳太懂我了，我們聊天的內容、生活的交集、成長的背景都如此相似而重疊，有誰能夠於字裡行間內和我暢談天南地北？能夠互相依偎又能夠在第一時間給予同理心和溫暖擁抱的，便可說是閨蜜、好姊妹、知己、生死之交……但這些詞彙好像都無法套用在妳我身上，而我和妳的感情也無法被如此形容和量化。

「親愛的，妳……妳好嗎？」

近來沒有妳的消息，LINE 也都沒有回應，妳的 IG 沒有更新過照片，網路上可以和妳聯繫的 APP 都找不妳的蹤跡。奇怪，妳以前搞失蹤，我往往是第一個知道的人，這回的妳還真有點古怪，絲毫沒有任何音訊！快點給我些提示，也快點告訴我是怎麼回事！妳有沒有需要我協助的地方呢？

先說啊！如果是孩子的事，我肯定幫不上忙的喔～～我沒辦法像妳那樣有「耐心」，我沒辦法去應付「很沒道理」的事情，妳也知道我正是因為這樣才決定當不婚主義者的。

「妳看，完成了，我的手腕上有貓了，比我想像的還要大一些，可愛吧！給妳看我的『兩點點』！」就是要讓妳第一個看到牠──我的貓咪刺青。

「哇！超級可愛的，黑白色塊都一樣呀！嘴巴下面的小黑點也

有，哈哈哈，真的是『兩點點』耶！刺青師不錯喔！很注重細節，配色也很好看。嗯！好看好看！真的很漂亮～～」妳的表情超像小朋友的，請問妳是看到新玩具嗎？妳掐著我的手腕，左轉轉又右彎彎，是想要拆掉重組然後從中找樂趣嗎？

　　「親愛的，妳不想再去刺青嗎？妳有沒有看上什麼新圖案想要留做紀念的嗎？看到我的貓臉有沒有勾起妳想再去刺青的欲望？」我這就刺激妳一下，因為，妳總說很想再刺上新圖，但十幾年過去了，妳都沒有行動，所以，我想讓妳忌妒一下。人生呀！沒有什麼好等待的。

Live in the moment！永遠是我們的座右銘。

　　說起刺青，目前我全身上下刻有二十三則故事，每個圖案都代表一則獨一無二的特別經歷。

　　我們都是願意付出愛的人，並且會用心地把愛的記憶保存下來，這些故事中出現的人物與事件，妳也都歷歷在目。還記得我們摺過的紙飛機嗎？妳說紙飛機是一種童年記憶，最單純的線條卻是最美的回憶，我非常認同。而我們讓它留在手肘後方，任它自由飛翔；還有，我們曾談論音樂的流動性，一致認同黑膠唱片與留聲機裡藏滿了細膩優雅，妳我心中的老靈魂都是從成長過程中蛻變幻化而來的，旋律交

織著我們之間的情誼，甚至，那些飄散的音符編排出我倆的生日密碼。提起我們身上的刺青，那就有更多故事可以分享了。

　　其實，也是因為妳，我才敢這麼勇敢地活，妳知道嗎？如果沒有妳陪伴在我的身邊，或許，我到現在都還會像個剛畢業的大學生那般單純、單蠢到不行；也或許我可能已經結婚了？或是個朝九晚五的上班族？然後，完全無法理解什麼叫做生命的自由與可貴。

　　「我……我好像……愛上他了？」我很確定我說出的是「愛」這一個字。

　　「啥？妳說什麼？愛上他？誰啊……誰有辦法讓妳愛上？」妳既驚訝又不以為然地回話。妳往往直接表態，話語又總是直戳重點。

　　「妳不認識啦！是一位……網友……唉！我知道，我知道這很不真實也不切實際，但妳先不要說我，反正……我現在就是很喜歡他啦！」一提到「他」，我就特別害羞激動。

　　「喔……談戀愛唷！害羞唷！是怎樣？妳認真了喔？」妳總喜歡挖苦我。

　　「這……我……也不知道，但是，我就是會等他的訊息，然後……每次和他聊天都覺得很開心，這樣算是……喜歡嗎？我也不知道……妳來說啦！妳覺得這是怎樣啦！」當下我希望妳敲醒我的腦袋，妳是我生活中的神仙教母，什麼大大小小的事物，有妳在，我就

放心，而面對盲目的愛情，當然就只能請妳幫我解惑。

「首先，妳認識他多久？他是哪裡人？他目前住哪？你們是怎麼認識的？有沒有看過照片了呢？有沒有約出來見過面？他是什麼星座的？」妳開始展現出要幫我算命的姿態，只差沒合個八字了吧！我只想知道我到底怎麼了，但妳一認真起來往往不太受控，卻總讓人覺得可愛。

「反正，就是網路上認識的一個朋友。華裔，曾經住在台灣，目前待在美國，和他聊天有時差，所以妳沒發現我最近上班都一直在打瞌睡嗎？畢竟要跟他聊天總得日夜顛倒。我和他認識快一個月了，他和妳一樣都是魔羯，天啊……這不就……和我爸一樣？」說著，連我自己也嚇一跳，什麼鬼緣分？難道就是因為他像妳？所以我才會和這男的這麼投緣嗎？心靈相通的速度特別快也特別契合，他好像格外懂我，總有辦法安撫我心靈的傷口。

「喔！網路情緣呀！那妳可要有點耐心了，想長相廝守就得好好經營啊！」妳只給了我這麼簡短的回覆。

我以為妳會罵我不踏實，傻子！搞什麼網路戀愛之類的。現在回想起來，妳說的耐心、長相廝守、經營一類的詞語都有著很深的含意。或許，我和他是剛認識、剛陷入熱戀，加上無法見面的期待感，

188

讓彼此因為想像而產生了刺激的迷戀。我和他相知相惜了七、八個月後，他突然回台灣，我不敢告訴妳，因為，妳一定會催我和他見上一面。當時我猶豫了很久，我對自己沒多少自信，這點妳也很清楚。一路走來，很多認識我的人都稱我為美女，走在路上雖然會被搭訕或要電話，但是我真的不需要男生的追求，面對異性我會理性地分辨，雖然我是獅子座，但我的內心卻住了隻小貓咪，著實也不貪圖那些多餘的關心。我只希望喜歡我的人能懂我內心的不安，因為，我的家庭環境造就了我的不自信。妳我都是單親家庭背景出身，妳大概能懂那種一個人躲在黑暗角落的孤獨感，妳應該也能懂雖然知道家人的愛不會少，但面對「安全感」就得特別小心翼翼又往往會患得患失的感受。所以，為什麼我和這位美國網友特別投緣？只因為他對我說過：「我們都一樣。」

我就在此和妳承認一件事吧！其實，我有和他見過面，甚至，我們相擁著過了一夜。真實的我和真實的他在那兩天交換彼此的真心，我那時以為真命天子就是他了，結果，纏綿過後竟成句點。

親愛的，雖然我年紀比妳小，但我們聊天的內容深度遠超過同齡女孩們。我們住在同一座城市中，當過兩回同事，除了相約夜生活一起釋放壓力外，我們私下不常見面，會讓彼此保有自己的私人空間，

而這十幾年來的感情，都是靠默契在支撐。

　　我曾和妳說過，我一直是看著妳的背影成長的。有時候太感性的話我很難向妳表達，我總是當個諧星提供妳歡笑，可是，背後卻壓抑各種委屈無奈，有時妳會透過觀察我的言行舉止，向我傳達一些關心的訊息，然後，這些話語往往瞬間就能擊中我內心的憂慮，讓我莫名其妙地向妳敞開心扉、訴說秘密。就我而言，妳真的可以去當心理醫生了，我猜妳的生意會很好，尤其，我一定會是妳的老主顧。

　　在此想和妳說聲「對不起，謝謝妳」。

　　這句「對不起」，很難，很難當面對妳說。有段日子，我的生活過得非常糜爛，好幾次在面對「死亡」這個詞時，就會直覺反應，認為它是個動詞，而這樣的念頭反覆驅使我投奔黃泉之路。然而，每當我在接近死亡的邊緣時，總會撥打電話給妳，不在意電話是否有接通，也不在乎妳是否有立刻回覆訊息，但就把妳視為了我最後的精神寄託，甚至是我的精神救贖，就是比親人還要親的關係。

　　在我們剛相識的頭一兩年，那些夜裡我們時常抱頭痛哭，主因是我愛上了不該愛上的人，遊走在無法自拔的感情關係中，最後我淪為「小三」，而妳陪著我走過那段歲月，和我一起咒罵著可恨的愛情，話題還隱射了上一代失敗的婚姻帶給我們的陰影，而那些眼淚不是針對愛神的惡作劇，而是悲泣著親情的包袱與枷鎖。我說：「或許，悲

慘的宿命是會遺傳的。」妳聽得眼淚直流，撫摸著我的頭，既想安撫我的感受，又默認了我的的觀點。

漸漸地，我走了出來，也越來越明白什麼才是長相廝守。就如同現在的妳不在我身邊，但我時常想起妳曾經在我身邊的陪伴。回想妳對我的付出，感覺就特別美好，唯 美中不足的是——我好想妳……想念和妳喝酒、吃熱炒的時光，還有我們一起發掘的路邊攤與美食小店，然後在妳我面前做最灑脫真實的彼此。

「我們……應該要下車了喔！要下車了？嘿嘿嘿……」妳紅著臉對我說，我想，當時妳也是醉了。

「我看一下，喔！Shit……快點下車啦！快點！快點！」我瞬間驚醒，拉著妳的衣袖往車門口衝去，下一秒鈴聲躁起，安全門瞬間闔上，當時的我們是那樣張狂而不顧安危地亂竄著。

「哈哈哈哈哈……差點坐過頭，兩個女人喝醉酒瘋癲地搭捷運……哈哈哈哈哈……」整個捷運月台就屬妳的聲音最大、最嘈雜，現在想起來，當時的我們真的很像瘋子，我們好像還在車廂內胡亂唱歌，身體隨意搖擺晃動。還記得我們總共換乘了三種交通工具，都有辦法正常買票、上車、下車，甚至換車、換路線。一個抱著廁所吐到沒力，另一個則坐在地上睡到昏天黑地，竟還都能平安到家，真是佩服我們夜夜笙歌後的自控能力。

妳最厲害的是在每次喝醉回到家後還能卸妝、梳洗、保養頭髮、換好睡衣，再噴香水入眠，說什麼躺在床上就是要像公主一樣美美的，我回妳一個白眼，妳這分明是強迫症，我大而化之的性格只管先睡再說，誰理什麼公主與王子從此有沒有過著幸福美滿的日子。

　　親愛的，妳知道自己是個很有創意的人嗎？我說妳的鬼點子多，這絕對是真的。想起做同事的時期，我若是人來瘋的諧星，妳就是裝嚴肅的悶騷鬼，每當會議要開啟頭腦風暴時，妳的提議總是能走在前頭，妳勇敢而清晰地說明執行方向與步驟，就算提案被上級推翻，妳也能馬上舉出其他的可能，這是我一直在學習與效法的。

　　面對生活中各種各樣的無奈，看著妳每日的行程安排，納悶著大家的一天都是二十四小時，為什麼妳就是有辦法讓自己過得比別人充實精采？甚至，當了媽媽之後，時間更是被壓縮，妳竟還能如此自得其樂，取得生活的平衡。

　　我後背刺的那朵「彼岸花」正是我嚮往的生命境界，她的佛法別名是「曼珠沙華」。

　　曾經有兩位守護這朵花的妖精，一位是花妖曼珠，另一位是葉妖沙華，他們共同守護這朵花好幾千年，卻總是見不著彼此，因為這種花的生長習性是開花時無葉，有葉時無花。而他們瘋狂地想念對方，

希望能見上對方一面，因此，他們偷偷地違背了天神的旨意，所以那年的彼岸花既有綠葉的襯托，也有花的艷麗芬芳。只是，這行為被天神發現後，便將兩位妖精打入輪迴界，讓他們永遠無法相伴，懲罰他們生生世世留在凡間歷劫受難。

我總覺得我和妳就像這兩隻妖精，曾經在某次輪迴相識相約，不然怎會有這樣的心靈交流，又怎會這樣的疼惜對方，而相繼淪落凡間受苦受難。

在日本，這朵花意味著「火照之路」，屬於陰陽界最後一段風景，有著分離、傷心、死亡之美的含義。我內心總是哀愁而載滿憂

傷，妳了解我這種沉鬱的性格，卻依然不離不棄地陪伴著我，拓展我許多生活面貌，鼓勵我進行調整與改變，也陪伴我走出傷悲的一隅，不管是藉由旅行、運動還是創作。

　　看著妳人生的演變，往往能激發我活下去，帶給我勇氣，因而使我有辦法與孤單共存，進而讓自己的人生變得繽紛、充滿希望。我相信我們一定都可以找到屬於自己的光芒，活得自由瀟灑。

　　妳曾說：「每個人都是特別的，沒有誰複製誰的人生就能好過。」

　　我知道，人活在這世上都是獨一無二的，就算是同樣的刺青安放在妳我身上，也會揮灑出不一樣的故事。

Do be yourself. Enjoy your life.

寶貝，妳是我人生中唯一的驕傲，我希望妳永遠開心。

不管如何，我都支持妳的決定。

「媽，妳確定要來台中工作嗎？」妳非常高興地在電話裡問我。

「對啊！我們公司要在台中的百貨公司設專櫃，到時我們就可以一起住了。」

「好唷！太好了，我現在先來看房子，兩房一廳還是三房兩廳？公寓式還是住宅樓房？嗯……我喜歡歐式鄉村風。啊！對了……一定要有廚房，這樣就可以吃到媽媽煮的菜了，我最愛吃妳做的蛋炒飯和香菇雞湯。」妳說的話充滿畫面感，媽媽很期待和妳相聚的時刻。只是，妳說「可以吃到媽媽煮的菜」，透過話筒聽到這句話，讓我感覺非常難受，這像在泣訴長期的怨尤，也像在奢求難以啟齒的親情溫暖，又像在捍衛我們早該守護好的母女情懷。

「寶貝，妳現在過得好嗎？」這句話，媽媽已經說了二十五年。其實，每一次的問候，都能得到妳良好的回應。我知道妳會過得好，因為妳獨立自主，能將生活打理得適切得宜又不讓父母擔心。或許是因為出生在嚴冬，妳總是比別人更耐寒冷，韌性無比強大。很多人都說是家庭環境造就出妳這樣的性格，這句話說得倒也沒錯！妳外顯的樣貌永遠是那麼勇敢堅強，大家都對妳深感佩服。偏偏這樣的妳讓媽

媽覺得格外慚愧，因為我讓妳一路走來都沒有得到母親稱職的疼愛關懷。當初，我毅然決然地離開妳這小心肝，心中萬般的悔恨是永遠無法用幾句道歉之言來泯滅的，長期苦等著與妳相處的機會，而那年，我總算可以發揚母愛了。我幾乎每天都會煮一桌好菜，等妳下班後回來一起吃飯，我們相處的時光有笑有淚也熱鬧精采，我真的好想再延續那樣的日常。媽媽好想妳，希望妳有空能給我撥個電話，讓我知道妳現在是平安的，好嗎？

「媽，我告訴妳唷！我們住的地方非常漂亮，它被稱為『藝術街』。街道兩旁都是妳喜歡的生活雜貨店，轉角有超市、咖啡廳，人行道上鋪著彩色石磚，牆邊還攀著紫色九重葛，沿路瀰漫著雞蛋花香，住在這樣的地方心情都會美麗起來呢！總之，這是一條很具藝術氣息的街道喔！傍晚路燈點亮後，還會瀰漫著一種歐式浪漫，很有戀愛的感覺喔！對了，妳去上班可以搭乘『公車』，我都幫妳查好班次和發車時間了，交通很方便，不用轉乘或換其他交通工具，然後我幫妳準備好了悠遊卡。現在，就等妳提行李箱過來囉！哈哈～～」妳的話讓媽媽好生感動，懂事的妳竟已幫我安頓好生活起居，我既高興又心酸。我一直想彌補妳、照顧妳，沒想到，妳為媽媽做的往往比媽媽為妳做的更好、更多。

當時，我在電話的另一頭說：「這麼棒！藝術街耶！那一定很漂

亮。再兩個星期我就上去了，有需要準備些什麼家具嗎？妳的錢夠用嗎？」其實，我假裝沒事地與妳答腔，眼眶裡的熱淚早已滑落而淚流滿面，這是喜極而泣嗎？妳可以解讀為「是」，但對我而言，更多的是壓抑數年的愧疚在一瞬間崩塌而潰堤。媽媽總用笑容來掩飾自己難以表達的情緒，沒人知曉我孤獨而悲泣的內心都裝滿了親情遺憾。

現在，妳已為人母，一定更能理解我，為什麼大家都說母愛比海深？那是因為母親往往不要求回報，只顧著無止境地付出，只要孩子能平安健康、快樂順心，媽媽們就會感到心滿意足。

寶貝，媽媽想告訴妳：「我非常愛妳，也很對不起妳。」是我讓妳在兒時喪失了安全感。妳要上國小的時候，我已與妳爸爸分居了，從奶奶那兒得知妳會窩在房間裡不肯去學校，因為妳說同學會嘲笑妳，嘲笑妳沒有媽媽。我知道那時候的妳也不喜歡在自己的床上睡覺，奶奶說有次打開房門沒看到妳，後來發現妳把自己蜷曲起來，躲在書桌下。奶奶想拉妳出來，妳打死都不肯離開，一問之下才知道，妳用媽媽的照片貼滿書桌底板，所以妳有很長一段時間都睡在書桌下，因為桌底的小區域是最能讓妳感到安全放心的堡壘，妳說那樣就像媽媽還待在妳的身邊。奶奶向我提到妳的生活狀態，語氣中總夾雜著埋怨與責備。感受到妳小小的心靈已遭撕裂、摧毀，當時，我心中充滿恐慌，心情也難以平復，想著幸福婚姻不應只是建立在一個人的

幻想之中，過去我只是一味埋怨妳爸爸做了錯誤示範，但現在我才發現，或許我也有錯，我們不該讓年幼的妳來承擔這一切後果，所以，現在妳有了自己的家庭，更應該把握並珍惜愛妳的人與妳愛的人。生活片段雖如白駒過隙，但孩子成長的寶貴時光比什麼都重要，也因此我最難過和遺憾的是沒能好好陪伴妳度過妳生命中最重要的「童年時光」。

　　記得在妳很小的時候，大概是幼稚園時期吧！不知道是不是人家說的母女連心，我當時和妳爸爸正在協議離婚，每當不小心讓妳撞見我們爭執的景象，機伶的妳就會馬上去打電話，我們不知道妳打給誰？找了哪位親戚？但往往結果就是一窩蜂地來個十幾組大人向我們勸和，我問他們怎麼知道我和妳爸起了衝突，他們竟異口同聲地說是因為接到妳的電話。妳說：「爸爸媽媽在吵架，你快來我們家。」我只能用無奈與苦笑來回應大家：「謝謝關心，我們會好好處理。」而那時，我早已自私地準備好離婚協議書，裝在牛皮紙袋裡。還記得有次妳指著牛皮紙袋說：「媽媽，那是什麼？」我對妳大吼：「不准碰！知不知道！」於是，我把它藏匿在化妝台第二層抽屜裡，為了不讓任何人知道它的存在，我特地用衣服掩飾鋪蓋。過了幾天，我竟找不著它？我沒料到是妳偷走的，原來妳把牛皮紙袋藏在化妝台鏡子後的縫隙中，妳真的是太聰明了，妳知道那是一個很難被人發現的地

方。然而，這件事也是透過奶奶，我才得知的。寶貝女兒啊！那是一張非常薄情的制式文件，冷冰冰的白紙黑字會把婚姻變成更殘酷的現實，甚至還可以重複申請。對媽媽來說，妳很難理解我心裡的痛苦，我知道妳不想失去媽媽，所以才把牛皮紙袋藏起來，以為這樣媽媽就不會離開。好幾次我想離家出走時，妳和我彷彿有心電感應似的，我前腳一出門，妳就從後方探出頭來，天使般的可愛小臉充滿困惑的表情，總會軟化並卸下我的心防，阻止我當下想離家的衝動，然而，就這樣一拖再拖的原因都只是媽媽還想留在家中陪妳慢慢長大。

　　可惜，後來媽媽的心已經痛到無法自拔，才下定決心離開⋯⋯親愛的寶貝，我從不後悔離婚，如今我和妳老爸的關係有如忘年之交，揮別婚姻關係後的我們反而能祝福對方。人生嘛！總會有戲劇性的發展與意想不到的可能。

　　其實，妳很難領略媽媽心中的無奈，說起對家的渴望，我感觸良多。從小就被送去當「養女」，妳知道這是什麼樣的身分嗎？被自己的父母親送去給別人當孩子，所以，我自小就孤苦伶仃，養父母雖讓我三餐溫飽，但他們也非常嚴厲。當時，我每天早上四點起床，打掃、洗衣、煮飯，沒機會念書。好幾次我偷跑，想離開那座牢籠，但我不知道自己可以去哪，之後總被抓回去關在房裡好幾天，繼續有一餐沒一餐地過活。那段童年記憶非常艱辛難受，多半的我都是在恐懼中默默地哭泣。長大成人後，開始有自主能力，終於可以離開，然後我工作賺錢，開展自己的生活圈，繼而遇見愛情，也真心願意為愛奉獻一生⋯⋯

　　妳總說媽媽過著多采多姿的生活，朋友都是年輕人，一起吃飯聚會、唱歌、看電影，娛樂消遣填滿每個晝夜，可是，媽媽內心保守傳統，對於愛情，我是那樣忠貞不二，寧人負我，無我負人⋯⋯

　　現在的我只想活得自在，去體驗更多美好，然後能和妳相伴。想

起我們住在藝術街的那時候，品著紅酒說著工作中的糗事，電視開著卻沒人看，只因為我們愛鬧騰的氣氛，想讓更多歡樂的笑聲來和我們作伴。妳把家裡裝潢成歐式鄉村風，親自用油漆粉刷牆壁，在廚房貼上暖色系的馬賽克地磚，秀出了妳美工科畢業的才華。一開始，我還以為那是妳花錢請設計師裝潢的呢！為了迎接我的到來，妳安排得非常妥當。雖然才相處短短一年的時間，我就回南部了，但那個時候的每分每秒，媽媽至今都很懷念。

「媽，今天換我來做菜，妳幾點會到家？」妳打來公司問我，語氣有點著急。

「這麼棒啊！我今天晚班，所以六點下班……坐公車回家差不多七點半，要不我順便去超市買些什麼？」我心想，寶貝女兒要煮飯，一定要趕快回家吃。其實那天早上，媽媽就猜到妳會主動邀約我吃飯了，因為，我看到餐桌上的花已換成「康乃馨」。那天是個充滿愛的節日，當我回家時，看到擺滿一整桌的熱騰騰飯菜和搖曳著紫紅色香醇的紅酒杯時，那畫面是我生命中最棒的母親節禮物。

妳穿著圍裙大喊：「媽，快快快！快來幫我關火，我這邊螃蟹搞不定啊！」我馬上衝進廚房，看妳在那邊大呼小叫說螃蟹要咬妳，我笑著說：「好了好了，換我來煮，妳去擺碗筷啦！」妳生氣地回應我：「不行，哪有廚師煮到一半去休息的？妳離開啦！我要做清蒸螃

蟹給妳吃，不過，等⋯⋯等一下⋯⋯妳⋯⋯妳先幫我把螃蟹弄暈再離開，好嗎？」說著說著，妳也笑了出來。而那天的晚餐雖然等待了一會兒才完成，螃蟹還惹了不少禍，害媽媽被夾到手成了傷兵，妳便氣極敗壞地把牠從綠的蒸成紅的，但我們母女倆還是開心地享受了一頓既好氣又好笑的晚餐饗宴。

餐後，妳送上一張卡片，我沒有馬上打開來看，原本想回房間慢慢欣賞，結果，妳像個孩子般急著要我趕快拆開，我順著妳的話，邊微笑邊緩慢地拆開信封。我先是拉起一張四方形的紅色紙卡，喔！這是一張 DIY 手繪卡片！接著，我看到熟悉的畫風，便立即問妳：「這是妳自己做的嗎？」妳點了點頭，害羞地不敢正面注視我，而我完全感受到妳對媽媽真摯溫暖的愛意。卡片裡飄灑著排列好的押花，妳還用水彩畫了街道風光，仔細一看，這正是我們所處的藝術街啊！這張卡片真的很漂亮，裡頭寫了一句話，那是妳滿溢而深刻的祝福，也是我心中最永恆也最聖潔的文字──媽媽，我愛您。

「我愛您」竟讓我那般椎心刺痛。我想起了我的媽媽，妳的外婆。反向思考著自己的孝道？小時候被迫當養女是因為家庭經濟因素，所以我不怨她老人家，當我自力更生後，就曾立下誓言：一定要擁有財富與自己的房子，一定要過上好日子，一定要有所成就，不讓

兩老為我擔憂。結果，世事難料……媽媽在中年時遇上財務危機，當時，我想自己解決全部債務並承擔一切責任，所以只好偷偷搬家，並與外界斷了音訊，我不想要讓人知道我去了哪兒，因為我必須試著重新開始、東山再起。而妳總是能找到我，那時候的我和老家已經很久沒有聯繫，總是要透過妳才能知道他們是否過得安好。我明明跟妳說過不可以向任何人透漏我的行蹤，結果，過沒多久，我竟在公司裡上演了一場灑狗血的親情相認八點檔，那天我情緒崩潰，悲泣到今明，慘烈地面對自己逃避已久的內心傷痛。

其實，媽媽很感謝妳，我知道是妳和舅舅聯繫的，妳看我和外公、外婆都一直無法見面，但又那麼渴望沐浴於親情溫暖、共享天倫之樂，所以妳擅自剷除我的心魔，破解我生命的難關，所以，媽媽真的要說聲「謝謝妳」。很多人都說我們感情好得像姊妹，但我認為我們更像朋友，充滿默契地互相扶持。

我的寶貝呀！這些日子沒有了妳的聯繫，媽媽不能說已經習慣，而是我和妳都有顆強大的憐憫心、同理心。或許，現在妳有難言之隱，正懷藏著不為人知的秘密，妳想守護妳在乎的，所以不想多說，但是，壓抑是難受的，媽媽希望妳能找到方法和途徑去釋放。然而，媽媽會尊重妳的決定，等妳走過笑中帶淚的日子。我很慶幸能擁有妳這樣貼心的女兒，我是很有福氣的媽媽，生下妳，是媽媽覺得很驕傲

光榮的事，謝謝妳從來沒有嫌棄我在妳童年時期的缺席，也謝謝妳體諒且寬容我的曾經離開，更謝謝妳始終愛著媽媽。

　　寶貝，妳是我人生唯一的驕傲，我希望妳永遠開心。
　　「不管人生如何，我都支持妳的選擇。」

我不是怕妳走，只是想告訴妳——我很喜歡妳。

期待下一次的偶遇。

「記得下地鐵後右轉，我在月台等妳。別上樓！」這是我發給妳的訊息。

我知道妳心急，深怕在人潮中會找不到我，但妳要知道——讓我等妳多久都沒關係，因為，我相信我一定會找到妳！

這次和妳相約在香港見面，感受這個多國語言交雜的潮流城市，將身軀安插在金融商圈環伺的高樓大廈間，讓它們淹沒妳我，而我們就在街道裡穿梭。

叮叮大巴士的聲響呼嘯而過，把城市的動態從電視螢幕拉出，成為了實境，在這裡的每個人都是主角。

有時候，我會讓自己置身在這樣快速的節奏之中，暫時拋開靈魂，讓肉體去體驗一切的一切。因為我的工作，需要到處飛行，我無法長時間駐留在一座城市裡，所以，我最喜歡體察在地風情，而香港的氣息便來自茶樓裡熱鬧的談笑風生，身旁熟悉的黃皮膚們說著各自的家鄉話，其中，廣東話和妳的台灣腔很像，至少我是這麼認為的。

我提早來地鐵這兒等妳，算起來我們已經兩年沒見了。想起我們

第一次相遇是在美國亞特蘭大，那天是 11 月 20 日，朋友邀請我去喬治亞水族館，他知道我愛攝影，特地帶我去捕捉鯨鯊的稚氣眼神，享受著漫遊在深海魚群中的逍遙自在。

有時候我會待在水族館裡，藉以滿足自己對海底世界的幻想。在那裏切換快門的速度都和呼吸一樣有規律，同時還能欣賞深海美景。常我專心地投入攝影時，就曾發現從魚類靈魂之窗中所散發出的生命力，那些眼神都是帶著細節的故事。妳很同意我的觀點，也常稱讚我拍的照片，我們很有默契，總是能夠不約而同地說出照片背後所隱含的意義。

那天，透過可愛的魚群，我發現了妳的身影，我偷偷地拍下一張妳仰頭看著水箱的側影，那張照片只用微弱的光，讓水的湛藍與館內的光線映照在妳身上，看似只透顯出輪廓的妳正在微笑。

妳看起來像學生般稚氣可愛，然而，妳並不知道我的實際年齡，可是我們站在一起卻有相襯的氣質。我們之間的情愫非常特殊，不過問彼此私人的問題，卻總是能有默契地關心彼此當下的境遇，長期以電子郵件聯絡。身為工作狂的我，因為商務工作的關係，時常奔波各個國家，但我真心喜歡這種頻繁位移的工作，每換一座城市，就能讓我更懂得珍惜身邊的人事物。我把工作當成旅遊，所以，我從不覺得疲累。妳常聽我訴說工作中的煩惱或困擾，也常對我投射著羨慕的眼

光。這次妳來香港找題材，我們很迅速地聯繫上，恰好讓我能藉著出差和妳見上一面，我真的很開心。

　　我對香港並不怎麼熟悉，索性就直接約在月台等妳。這兩年，妳到底過得如何？平時看著妳的生活自拍照，和妳閒話家常，分享不同領域的甘苦談。妳的笑容與慰問都逐漸變成我的療癒靈藥和生活調劑品。因此，我對妳並不陌生，也始終相信自己會在茫茫人海之中找到妳。

　　我看著地鐵緩緩靠站，閘門一開，車廂中的人們像深海魚群般集體而快速地行動。腦海中閃過兩年前的妳的身影，我快速比對每個陌生的人影，感覺自己像回到科學實驗室，快速地組合基因，對比頭髮、皮膚、嘴角等蛛絲馬跡。

　　「喔！找到了～～是妳！」我一轉頭就發現妳站在我前頭，妳背對我，著急地東

張西望、左顧右盼，所以，妳一回頭，我便奉上了暖暖的微笑。

「呼～～是你！我總算找到你了！」妳的語氣中流露著擔心焦慮，但臉上仍掛著我最喜歡的笑容。我們非常有默契地擁抱，然後我仔細地端詳妳，發現妳變成熟了，而且頭髮也長長了，髮梢有點微捲，好美，是我最喜歡的造型。

「妳好嗎？」當時，我只想問妳這句話。

「我很好！」妳回答地很自然，讓我相信妳過得不錯，我也因此感到放心。

那天沒有太多時間相處，我隔天要趕回美國工作，而妳也剛到香港，即將展開一趟旅程。我們在地鐵相會的日子恰好也是 11 月 20 日，我想，應該要讓一盞聚光燈打在我們的身上，擁抱的那瞬間，我們被好多陌生人圍繞，地鐵轟隆的聲響鼓譟、加溫了情愫，我們依偎著肩並肩地走出地鐵站，雖然沒有牽手，但肢體的親密接觸已傳達了一種充滿信任的交託。我們一開口便是關心彼此生活近況，聊天的話題天南地北且停也停不了，甚至忘了要先填飽肚子。我知道妳就站在我的面前，但我怎麼覺得不太真實，心中竟感到莫名不捨。

眼看這棟商場裡有一百多家大大小小的餐館，妳芝麻挑綠豆的模

樣，讓我看著覺得格外淘氣。

　　「我們吃越南菜吧！在香港擁有世界各地的料理，我們應該選擇不是很熟悉的菜色，把這當成挑戰！」妳轉頭這樣對我說。反正，妳是老大，我沒意見。我吃什麼都好，只管吃飯的對象是妳，那才是重點。

　　在這世上，不管身邊的人和你有怎樣的緣分，不管對方是什麼樣的角色，經過時間的增溫，能好好地與對方吃一頓飯是最棒的事情。而這頓飯我們不只是在吃食物，還必須嚥下很多情懷，同時也得吞下匆匆流逝的時間，然後彼此回憶曾經，笑談現在，進而祝福未來。這張餐桌擁有很多笑容與難以言明的眼神，這應該是人世間最該珍惜的一場饗宴。

　　「我有禮物要送妳！」我特地準備了一枚戒指，但這可不是在求婚呀！挑了一款天然蜜蠟戒指送妳，潔白奶油黃搭配純銀戒台，是特別為妳選的。看妳非常開心地把玩這小東西，我覺得頗為感動。蜜蠟如同永恆的愛侶，散發著獨特的魅力，無論置身在哪個時空，都擁有純潔、美麗、完美的表徵。而妳是我心中的珍貴瑰寶，讓妳將這枚戒指戴在指環上，也是要讓妳時時刻刻都能想起我。妳拿出台灣知名的鳳梨酥與牛肉乾，都些是我愛吃的零嘴，估計是不想讓我飛航時間太無聊而準備的吧！

　　吃完飯後，我們窩在茶飲店，談論自己過往的人生，妳總能幽默地解開我懸而未解的困惑，原本是選擇題，傳送到妳的腦袋後竟都變成了是非題，甚至妳還能針對選項進行優劣分析，妳能言善道的聊天方式，讓人感覺舒服自在，與我根本是天壤之別。我就是這麼喜歡聽妳說話，因為你有很多表情，每一種都那樣迷人。如果不是我們距離太遠又總得分別，我真想賴在妳身邊，聽妳說各式各樣的故事，我相信這一定會是一種很幸福的享受。

　　是誰說快樂的時光總是短暫？我真想知道說這句話的情緒究竟是喜是悲？生活壓力總讓我們覺得時間不夠用，所以人們貪戀短暫的美好光景，就好比我們的情誼似知己又帶有些許曖昧，中間還保留了彈性，這是一種營造不出來的交往模式。我觀察彼此的生活觀和價值觀，我們之所以能如此，主要是因為妳我都保有感恩之心與同理心，因而能快速達成共識、進行交流。妳說我的工作是在賣獨特的眼光，正因如此，我更需要踏實地活著，客戶的回饋漸漸成為支持我的力量。妳也說過人的生存需要很多作品，這些作品是根基，所以人都該為自己的人生建立其價值。有了妳的鼓舞與支持，妳我之間這份簡單自然又不矯情的情誼，就像品茶，回甘風味蕩漾在心田。

　　我們沒有特別約下回見面的時間，只說了下次再見。這種約定在

別人眼裡看來很模糊朦朧，但這應該算是妳我之間特殊而真切的默契。其實，我不會認真地去想念誰，平日繁忙的工作已佔滿我的腦容量，很難有時間再去想誰，但是這段日子我確實很想妳，發現妳的 mail 漸漸少了，甚至已經有快半年沒收到妳的消息。上回地鐵約會的激情，儼然成為我心中永恆的回憶。

「妳去哪裡了？來美國了嗎？還是妳去別的國度旅行了？」
想妳的次數似乎變多了，這是不是意味著我又開始感到寂寞？

進入初冬，現在的氣溫有如我們告別的那天。
那天，我們喝完飲料，相偎相依地在月台道別，當下我們一如往常地擁抱，我也不知道哪裡鼓起的勇氣，問了妳一句：「我可以吻妳嗎？」妳輕輕點著頭說：「可以！」這舉動不是我所預期的，這情節更不是我所規劃的，只是我忽然很害怕失去妳，我想把我所有的情感用這一個深吻來傳達給妳。其實，我膽小得連妳的手都不敢牽，這回要在大庭廣眾之下親吻妳，算是我的第一次。我將妳抱得很緊，其實我不是怕妳走，只是想告訴妳——我很喜歡妳，對妳有種無法言喻的情感，這是我這輩子最深情的吻別，不曉得妳有沒有感受到我的心意。

　　文字雖然很美麗，但內涵不過就是那幾個字——我喜歡妳、我愛妳。字數很少，本可以簡單地脫口而出，可是，我認為要能展現真實愛意的話，應該是用超越語言的行動來表示，因此我就用我的行動來表現我當下最真切的感受，那是一份超越喜歡、別出愛意而說不上口的情感。聰明的妳應該可以體會到我當下的那個吻，那個把妳口紅吃光的吻，背後所隱含的愛意。我嘴上說是捨不得讓妳走，其實是騙人的，那份想把妳據為己有的心意和衝動才是真的。妳的臉頰和妳的髮香，我全都記得，那是想忘也忘不了的！

　　「和你擁抱好舒服喔～～好安全也好自然。」這是妳靠在我肩上時所說的話，我感受到妳完全放鬆了，於是，我回應妳：「我也是。」宛如回到初戀，那個充滿悸動的時刻。曾有長輩跟我說過：「人在生命中一定會遇到一個和自己很相像的人，你們會相知相惜，而這份愛特別難得。」當晚，我真的體會到了！原來我該遇到的那個人就是妳！我從不刻意尋找這人，但那一刻才知道妳是真真實實地存在著。

　　然而，我們都會回到自己的崗位繼續過各自的生活，繼續致力於工作。妳在我耳邊要求我多說一點話，但我真的說不上來，我只想一直擁抱著妳，我只想用力記住妳身上的香氣，我只想用自己的方式讓妳懂我的心，而妳淘氣地盼望著我再多說一些話，我知道自己嘴拙，

所以不回應，然後再次用我的唇覆蓋在妳的雙唇上，堵住妳的嘴也堵住妳的要求。請妳原諒我的無禮，因為我只希望那個當下是完全屬於我倆的時空，不帶言語，而這吻竟長達二十分鐘之久。

「好了，再不走，妳就走不掉囉！」我笑著對妳說，然後，收拾好情緒，深情地看著妳。

妳說：「如果我去美國找你呢？」

我笑著回應：「那我當然會去機場接妳呀！」

妳表示我在地鐵裡一眼就找到妳，這讓妳感覺很開心，而見面時的擁抱特別真實，既不刻意也不矯情。妳誇了我新染的髮色，直說這顏色適合我，可見妳擅長觀察，我雖然說是因為染錯顏色，但心裡還是特別高興能得到妳的讚美。

我站在地鐵出口看著妳漸漸遠離，眼看那一抹高舉著手向我揮舞道別的身影變得越來越小，再到妳完全被黑洞吞沒，我才緩步離開。忽然感到一陣鼻酸，或許這就是道別後的真情流露。人生總是有很多朋友與過客，與妳道別是我最不捨的一回，之後收到妳平安回到飯店的訊息後，我也就安心了。

今晚的我們都累了，而我相信這個深情的擁抱將會纏綿到妳我的夢鄉裡去。

我曾說，我不擔心妳的生活，因為我們很像，而妳就是我，我們都有自律的生活習慣，努力完成工作，用心經營生活。而妳說隔天想來機場送別，我很感動，但妳住的地方離機場有好長一段距離，我不希望妳舟車勞頓，也不想浪費妳的旅行時間，況且這事本來就不在妳的計畫之中。而妳想任性地飛奔過來的這份心意，我也明白，但我還是必須拒絕妳。

妳對我說：「是不是不想和我道別？」

我說：「我只是不想和妳告別兩次。」

在此，親愛的，我想告訴妳，我非常非常希望能再見妳一面，這絕對是真的。我明白自己有多麼喜歡妳，而這份情感帶給我前所未有的撼動，因為愛上妳，所以我學會愛自己。如果妳看到我此時的告白，請相信我說的絕對是真心誠意，我想讓妳知道，愛上一個人其實能讓自己變得更強大，而兩個人絕對比一個人更有意義。

「妳好嗎？」

現在的我只想問妳這一句。

不管妳現在去了哪裡，請記得保持妳最自然純真的模樣，繼續綻放妳最燦爛美好的笑。

我真的很想再見到妳，期待下一次的偶遇。

日常，是陌生而出其不意，也是熟悉而平凡的存在。

2018 年 2 月 14 日（三）晴空萬里

　　AM 09:00 是我們開始營業的時間，今天提早五分鐘開門，上午時段客滿，只剩下 B3 的角落位子，那是妳的固定風水位，但是，妳……沒來。

　　妳曾說起這世上最充滿愛的日子就屬「情人節」，但我總納悶，這天到底是用來給惆悵的單身狗釋放不滿的？還是來讓熱戀情侶們高調示愛以閃瞎眾人的？而妳低頭微笑，不予置評。

　　啜飲著妳最愛的單品手沖咖啡「衣索比亞──西達摩」，想起我和妳說過，喝冰的單品更能體會咖啡的層次感，從入口到入喉就像是炫目的萬花筒。妳偏好帶果酸口感的咖啡豆，妳認為口腔內瀰漫著花果香是一種致命的誘惑。我想，妳一定不是咖啡專業，但我們最愛妳這種客人──享受品味、挑戰生活、追求靜謐，如恬適又恰到好處的獨白，外表與內在永遠成反比，過著平凡卻富有新鮮感的生活，偶爾滲透低調華麗的神秘感。

　　「妳好，請問有訂位嗎？」

　　「嗯……沒有耶……」

　　「這樣呀！小姐不好意思，因為今天是情人節，目前訂位都滿了，只剩下 B3 角落的那個位子，比較小一點，兩位可以接受嗎？」

　　「嗯……好吧……」

　　妳愛的位子，不是每個人都愛。進門走到底，左邊水泥牆和落地毛玻璃構成了九十度直角，倚靠著梁柱，剛好可塞入一張小圓桌和三把客製木椅，拱起如三角錐似的基地，是個極度隱密又包覆性強的灰色地帶。我和妳一致認同這位子是店內的財庫寶座，通常只准一個人

入座。

　　然而，今天情人節，我們矯情地佈置了店裝，讓每張桌子都立著一株紅色玫瑰花，大膽宣示愛的你我他。不過，妳知道嗎？整間店就屬妳的風水寶座最有看頭，在情人節這天還不偏不倚地上演了一場高票房的實境秀呢！

　　「小姐，有來過我們店嗎？這邊採自助式點餐，可以到櫃檯去看，會有專人為妳介紹唷！」本店的外場應該都是從禮儀學校畢業的，臉上總是堆著燦爛的笑容。

　　「喔，好，謝謝。」

　　這位客人擁有大學剛畢業的青春稚氣，或許是我年紀大了，總覺得這些所謂的「年輕正妹」都長得差不多。烏黑長髮配上一抹紅唇，這好像就是大家說的「韓風」？充滿傲嬌也不怎麼親切，卻帶有一股清甜柔美。

　　「先生，你好，請問幾位？」

　　「嗯……我找人……喔～～在那邊，後面。」這男的走向 B3 的位子，看來他遲到了，臉部表情顯得相當尷尬。

　　「你們好，我們採自助式點餐，可以到櫃檯看，會有專人為你們

介紹唷！」

「嗯……好……謝謝。」

在我們過去說明兩次消費模式後，發現這對情侶的臉色非常凝重，男方像是在解釋什麼誤會，女方則用一種帶著乞求憐憫的眼神怒瞪著對方，這兩人到底在談一段什麼樣的戀愛啊？看別桌的情侶們不斷冒著粉紅愛心泡泡，這桌明顯的反差，讓我們好奇得很。

「你們好，請問熱巧克力是哪位的？」

空氣凝結，凍結了將近五秒鐘……

「全部放這就好……謝謝。」女方的語氣非常不悅。

「好的，這份蛋糕是本店的今日招待，希望你們喜歡。」

就在我把蛋糕擺好的剎那，女方突然站起來，大吼著：「那我們就不要再聯絡了！」我先護著桌上差點打翻的咖啡，而她的大動作驚嚇到店內所有的客人，我轉頭看了男方一眼，而他正低頭不發一語。

所以，他們……剛剛在我面前……分手了？！我回吧檯後，聽員工們說著，女方似乎等他很久了，男方不僅遲到，一來就說今天只能約會兩小時，甚至還跟女方說「再等我一段時間」、「我還無法離婚」一類的話。

好吧！我無奈地目睹了這麼一場婚外情，我和員工們交換眼神，然後感嘆地搖頭、苦笑。轉開高溫蒸氣，讓壓力聲帶走一些被愛情蒸

騰出來的憂鬱，而咖啡豆繼續飄揚著濃郁香氣，廚房內的杯杯盤盤依舊鏗鏘作響，我們的一天就這樣慢慢地過去了。

　　情人節，本店上演了兩種故事情節：一種是比甜點還可口香甜，情侶們吃著店家施過魔法的蛋糕，一邊餵食對方，一邊流露出「你是唯一」的虛情假意，而我好奇的是，為什麼只有這天人們才會展現甜蜜與愛意呢？另一種則是來一段苦情相逼的劇情，最終藉著象徵性節日表白心聲或表明立場，讓聚光燈打在身上以提高行動力、執行效率，留下一臉錯愕的觀眾們。老實說，我真是看不懂人們的愛情？

　　當日的玫瑰花，都沒有被人取去，唯獨那朵插在寶座上的紅花，首當其衝地隨著劇情而倒下並流淌著花淚，或許，這是更能保存愛情的一種表現吧？

　　停！這是什麼鬼情人節啊？！謝謝光臨。

2017 年 6 月 29 日（四）晴時多雲

「早安唷！妳好。」

「Hi ～～你們好！」

每天的「你好」，聽起來都一樣，但對店家來說，每一句都不太一樣。我們聽客人的回應，就能判定他們今天懷抱著怎樣的心情。

妳看起來精神挺好的，我想妳會選「瓜地馬拉花神」單品咖啡陪伴妳度過這一天。結果，妳選了薑汁氣泡飲？！這太令我意外了！醒腦的氣泡在口舌之間碰撞，沁入鼻息的微辣薑汁也一併衝撞味蕾，兩者之間沒有違和感，這杯氣泡飲不算華麗的飲品，卻總有辦法在顧客口中留下讓人懷念的鄉愁滋味。

依然入座老位子，電腦與一本書的標配，安置好後隨即在此開張妳的個人工作室。認識妳這麼久，觀察到妳有個壞習慣，面對電腦時就會戴上一副撲克臉。這表情讓我想起年輕時期自己還在電子產業擔任工程師時，也總是用強大的企圖心建立自己嚴肅的神情，然而，認真盡責的狀態堅持了五年，長期加班的疲憊使我的心靈找不到宣洩的出口，沒有彈性的冷血工作，讓我患上嚴重的失眠症，腦內全都裝著程式碼，當時，我沒什麼特別的喜好，就除了咖啡。只要聞到咖啡香氣，我就會滋生出對於夢想的悸動，而咖啡帶來的苦澀感，引領我思

考並探索人生，所以，我大膽地放下一切，展開自己的追夢旅程。

「您們好，歡迎光臨～～請問幾位用餐呢？」

「兩位，我……我們沒有來過～～可以請你介紹一下菜單嗎？」

打從這對夫妻進門後，妳就一直注視著，而妳觀察到了什麼呢？會不會和我想的一樣？一對年紀近百的老夫妻，外表雖然白髮蒼蒼，但穿著品味、談吐都散發著親切的氣息，彷彿是我在京都旅遊時遇到的民宿老闆，有種非常熟悉的感覺。

「您好，請問『熱榛果拿鐵』是哪位的呢？」

「喔！是我……是我的。」原來老婆婆喜歡堅果口味的咖啡。

「這杯是『抹茶拿鐵』，我們用的是日本靜岡純抹茶粉，抹茶味道會比較重，如果有需要加糖，再和我們說。建議先喝原味，這樣比較能喝出抹茶與咖啡交織的香氣與口感。」聽完我的說明，老爺爺親切地對我笑了。

「謝謝你！謝謝你！」老爺爺激動地回覆，讓我有些吃驚。

妳坐在他們隔壁，臉上的表情難掩激動，應該是全程見證了他們的愛情吧！老爺爺的抹茶拿鐵完全沒喝，我無法理解為什麼，可是，聽員工們說，老婆婆從一進門就緊緊牽著老爺爺的手，老爺爺特別欣賞老伴喝咖啡的神韻，他們始終有說有笑。

我只記得聽見老婆婆說著：「老伴，這間咖啡廳真的不錯，榛果味道和我們去日本玩的時候一模一樣，牛奶也好香喔！你最愛的抹茶拿鐵應該也很好喝吧！」

員工們一直觀察老夫妻的舉動，發現老爺爺無法喝咖啡，因為他拿出藥包，一口氣服下了近十多顆的藥丸，所以爺爺比較常喝水。偶爾，老爺爺會端起「抹茶拿鐵」，將它靠近鼻腔，然後用力地吸氣，展現出俏皮又風趣的神情。這些舉動都很刻意，卻讓老婆婆每看一次就笑一次，我們都知道，老爺爺是在收集她的笑容。

這畫面使我內心充滿感動，相信坐在他們隔壁的妳就像是親臨了一場世紀纏綿的浪漫情事，老夫妻的愛情不羞澀也不浮誇，他們愛另一半所愛，用行動來溶合了彼此的生活，不在意現實生活的阻礙，就始終這樣牢牢地牽著手，一同打造你濃我濃的甜蜜真情。我想，不管到了幾歲，走過多少春秋，伴侶們都應該要懷有這般情調，就算刻意營造，也要給愛情適度的滋潤調養。

「嗨～～妳要走啦？」

「嗯，我要外帶一杯『冰的』榛果拿鐵，但不要冰塊！」

「好，我幫妳去冰！」我給妳一個特別的微笑。

妳平常不喝加糖、加奶的咖啡，今天妳的風格截然不同，上午喝氣泡飲，下午喝冰拿鐵。我想，妳是個懂得享受不一樣生活滋味的

人，相信這杯外帶的「冰」榛果拿鐵可以讓妳喝到一杯有如老夫妻那般甜蜜的咖啡，讓妳心滿意足地相信這世上是有真愛存在的。

2017 年 10 月 08 日（日）毛毛細雨

「嘿！妳好。」

「你們好唷！今天……有兩位，晚一點有朋友要來。」

「好！要換哪一桌？」

「嗯……就前面靠窗這兒吧！」

我遞給妳一個請放心的眼神，並搭配著 OK 手勢。

　　每次妳約朋友來店裡都會換座位，妳似乎不想讓他們探索妳的內心，看妳和朋友聊天都一副主人公的模樣。對於妳的故事，大夥兒總是聽得欲罷不能，妳似乎有種天生的領袖特質。

　　然而，今天妳的神情和平時判若兩人，以往總是板著臉孔的妳，今天竟懷揣著曖昧、嬌羞甚至還流露出小女人的可愛神態？可見坐在妳面前的這位朋友與妳的關係非比尋常，相信他將會讓妳的情緒變化如同乘坐雲霄飛車。

　　我觀察妳的這位異性朋友，身高肯定超過 180 公分，只是，我瞄到桌上有顆紅色炸彈……喜帖？！妳的？他的？

「嗨！這杯冰美式咖啡是哪位的呢？」

「喔，妳幫我點的？我的，放這邊就好，謝謝。」

「嘿！妳今天要喝我們新烘焙的豆子嗎？」妳是我們家固定的老饕，所以只要有新款，我們都會讓妳試喝。

「好啊！麻煩你囉！」妳給了我一個招牌笑容。

妳幫他點好咖啡，這男的應該和妳有些交情。只要是妳的朋友，我都會再招待一盤手工餅乾，讓你們能嗑著茶點配著咖啡慢慢聊。現代人的說話總是太快，腦中思路和口裡言詞往往不太能同步，一字之差又可能使字句的本意被全然翻盤。其實，我們以為多問一句是打擾便不多言，結果反而容易生成誤會。懂得問問題和懂得表達自己的想法都是高深的學問。

「你好嗎？好……好久不見……」妳的問法聽起來特別不自然。

「挺好的，然後，我要結婚了。」這男子說話單刀直入。

「怎麼？確定要結婚了？」妳的話讓旁人好生尷尬，所以我決定插嘴。

「不好意思，打擾一下，這杯是『哥斯大黎加大風鈴』，幫妳放這邊唷！今天讓妳獨享這杯最新烘焙，口感有如絲綢般滑順喔！」

「嗯！謝謝～～名字聽起來非常優雅。」妳的神情和以往不太一樣……

男子的表情似乎也有點不尋常，因為妳剛剛提問的那句話，他原

本臉上的微笑已漸漸消失，表情也慢慢垮掉，讓我不禁為妳捏了一把冷汗，立刻來幫妳打破僵局。

「這是本店的手工餅乾，特別招待的唷！來～～吃吃看吧！這盤餅乾是用新鮮柑橘與日本上白糖製成的，我們喜歡用最好的食材，健康來自手澤，希望店內的小食能讓你們有歸屬感。」我們小店不走華麗招待的路線，但要讓客人備受照顧。

「妳呢？最近好嗎？」這男子的語氣溫柔了些。

「沒有你會好嗎？」

哇！哇！哇！妳雖然這樣說，但臉上卻沒露出什麼特別的表情，這下讓我對妳另眼相看了，這是哪門子的公開調情？真是大膽呀！妳這小妮子，老衲真是佩服佩服！我用眼角餘光瞄了一下男子的表情，他倒是被妳逗笑了，把餅乾拿起來吃了一口。

這時，我感到放心了，在轉身離開時，我對妳笑了一下，妳則有禮貌地對我點了點頭。我想，你們對彼此的心防可以稍微卸下了吧！

「沒有我，妳一樣很好呀！何況有更好的人陪伴在妳的身邊，還要我幹嘛？」男子邊笑邊說，看起來相當開心。

「是呀！都好都好！快結婚生子吧！這樣我們的身分就一樣了。」

「生孩子啊！是呀！老人家確實是等不及了，我這是盡孝道，年

紀一大把了，該完成的人生大事也得好好地辦辦。」

「……………………」妳沒回話，啜了一口咖啡後便盯住對方。

「我最近挺忙的，如果沒有即時回覆妳，請妳多多見諒啊！」男方邊喝咖啡邊說，表情略顯尷尬。

「嗯……不管怎樣，恭喜你，一定要幸福唷！」妳的微笑看不出是真是假，語氣卻充滿了堅定的祝福。

「嗯！謝謝。」男方的眼神很溫柔，嘴角也淺淺地上揚，你們倆後來有說有笑，你們看來像是一對許久不見的老朋友，看似熟悉卻有些陌生。

你們之間的氣氛，說不定是我開店這麼久以來看過最詭異的，充斥了嬌羞、曖昧、緊張、大男人主義、無可奈何的人生、模糊不清又模稜兩可的關係，但又十分有默契。我不知道你們認識多久，也不知道你們是否曾有過親密關係，又怎麼演變成這種如同最熟悉的陌生人似的纏綿悱惻之情。這種八卦我通常不怎麼感興趣，只是，男方走後，留下妳一個人，妳低著頭，拆開喜帖又闔上喜帖，這動作妳反覆了無數次，然後，我看見妳用手輕抹眼角，難道……妳哭了？

我請同事過去收空杯順便遞上溫水給妳，他們說看到妳眼眶和鼻頭都紅了，顯然是傷心地哭過。妳抬頭擠出一抹微笑，說著「謝謝」

然後便起身走去洗手間，就這樣過了三、四分鐘後，妳又展現出原本熱情奔放的模樣。

「嘿！今天的咖啡很不錯喔！真的很順口，我很喜歡。」妳說這句話時還是老樣子，一派輕鬆。而我看妳情緒轉折是如此自然，也不便多問，只是獻上一個微笑做為回應。

秋老虎來襲，連日陰雨，如果夾帶淚痕離開是最美麗的垂憐，那妳便是那紅透了的落葉。妳是這樣一個外表堅強但內心脆弱的女子，不願讓人看破妳內心柔軟的一面，把自己裝扮成一個再怎麼難過都能一笑置之的女強人，說服自己明天醒來又是嶄新的一天，這樣的樂觀使我既羨慕妳的果斷又憐惜妳的哀傷。

婚姻會不會只是一種過程？婚禮不管是隆重還是樸素，都只是希望能得到「某個人」的祝福，這種奢求似乎都是個人隱私。大家嘴上祝福新人白頭偕老、百年好合，心底卻咒罵萬分然後偏執議論。本店也有過求婚場景，為了促成浪漫溫馨的情緣，我們盡心盡力地布置、安排，好讓情侶們永生難忘，只是熱鬧喧騰過後，總是格外空虛寂寞。看著人們許下攜手共度餘生的承諾，我不免會懷疑這些華麗場面背後所謂愛情的真實可靠性？

婚姻不該被束縛，它應當是明朗的康莊大道，步入婚姻的兩人必須一起建築圍牆、碉堡來面對坎坷卻甜蜜的壓力重擔，這些無法估

計、衡量的付出與包容，即是愛情的核心。

　　那我的愛情觀是什麼樣子的呢？

　　我只希望我的愛情能像咖啡一樣。

　　我喜歡煮咖啡，我尋找能一起品味咖啡的伴侶。不懂咖啡最好，喜歡大膽地探索，冒險拓荒，然後和我共同遨遊四海八荒，追求樂在其中的平凡安詳，所以，愛情對我來說要能像空氣一樣自然，讓彼此的呼吸吐納都各有節奏卻相安無事。對我來說，這樣的愛情才能長久。

Happy to be yourself.

2017 年 12 月 30 日（六）冷風颼颼

「妳好～～早安唷！」

妳只是點了點頭，嘴角微微上揚了大約十度。

今日，妳進門後的反應，像外頭的冷風過境，有股涼意。

　　一年即將過去，多數店家從耶誕節一路妝點到跨年，本店沒有浮誇絢麗的彩燈或是熱鬧非凡的布景，但是，喜歡香氛蠟燭與乾燥花的朋友可能會賴在這兒不走。

　　如果是第一次來本店的客人，我會推薦他們點杯「耶誕紅莓拿鐵」，用和食指一樣長的紅白色拐杖糖攪拌，溶合咖啡的香氣與糖果的甘甜，魔法般的白色漩渦牽引著紅絲絨般的紅莓果漿，一起旋轉、跳躍，展現熱情奔放的漸層感。這是一杯可以讓人瞬間走進童話的巧思，把我們想送給客人的喜悅和祝福都濃縮在暖呼呼的咖啡杯中。

　　「嘿，今天要喝什麼呢？」

　　「嗯……今天……我生日……要喝什麼好呢？」

　　「哇！妳生日啊！那……我來幫妳選吧！等一下送過去給妳呀！妳先坐一會兒。」

　　沒想到今天會是這般驚奇——這天是妳的生日！只是，店內上品

的豆子妳都喝過了，加奶風味的義式咖啡又不合妳的口味，配合節日的主打商品則太刻意了⋯⋯這真是考倒我了！我竟給自己出這樣的難題⋯⋯

既然是生日，就該給妳一份驚喜套裝，得是咖啡搭配餐點的組合饗宴才行。

說到底生日是屬於個人的特別日子，一定要讓妳滿心歡喜才是。

「豐富」是主題，但不能太過鋪張昂揚，必須符合妳今天的穿搭以及妳所散發出來的氣質⋯⋯

想來想去，我似乎想太多了，奉上一杯熱美式，不知道是否太過單調而不能彰顯我的心意？再搭配栗子蛋糕，如何？還是⋯⋯

我邊做其他客人的餐點時，不忘在腦中策劃著妳的生日套餐該如何呈現，這時我發現自己一直竊笑，還被員工用異樣眼光盯著看，這實在有種莫名其妙的嘲諷感。

我走進廚房向大夥兒說今天是妳的生日，大家興奮地鼓譟、討論著。我提議用自製藍莓果醬搭配五色蔬果來招待妳，大家都附和並相當期待。

我捲起衣袖，在油鍋中倒入義大利冷壓橄欖油，先用中火香煎雞胸肉，再撒上地中海玫瑰鹽與研磨胡椒粉來提取肉香，最後則用大火快速油煎，讓雞肉表皮上色，煸出焦脆口感。這時，烤箱內的拖鞋麵

包飄出了麥香，此起彼落地吮喝著，鮮採的芝麻葉已洗淨好身心，正等待主食降臨。最重要的「馬扎瑞拉起士」也該從冰箱裡拿出來了，這些完美的食材即將進行組合搭配。我很講究食材在客人口中呈現出的層次感，而充滿華麗口感的自製藍莓果醬，分量的斟酌更需要我們細心思量，多一分則太過於甜膩，少一分則偏離了主題。對於這份料理，我今日的用心程度可說是格外矯情！但就是希望這份生日特餐能為妳的這天帶來一個心滿意足的開始，讓妳感受到自己在本店是眾星拱月地被寵愛著。

「嘿嘿！來囉！這是妳的生日特餐，我們精心為妳準備的。」

「哇！好漂亮唷！有蔬果沙拉和……帕尼尼？」

「對呀！妳先吃，看看合不合妳的口味，等等再和我說感想喔！我先去幫妳準備咖啡，等我一下。」

走回吧檯時，我想起了妳有次曾匆忙離開，順口說了句：「時間到了，要先去載孩子……」雖然我倆沒有深聊過什麼私事，但經過我這段時間的觀察，妳除了約朋友來店裡談事情外，多數都是自己一個人，每每都會待五個小時以上，然而，那天妳倉促的離開讓我感到有點驚訝，更驚訝的是，妳有孩子？！妳是孩子的媽了？！看來妳的感情世界也挺讓人雲裡霧裡的。

我看過形形色色的客人，往往藉由一丁點的細節便能窺視到其生

活面貌的部分，能稍稍嗅出人們對生活的無奈或期盼。我揣測著，妳的現實生活是否與妳想追求的生活一致？來到我們店裡，是否能給妳一些解脫？

　　我挑選著今日要沖泡的咖啡豆，其實，現在店內的豆子都帶有一些酸味，不太適合用來祝福，所以我臨時決定不泡咖啡給妳。

　　我從結帳檯下方的抽屜裡拿出一個暗紅色的紙盒，這是我個人的私藏品，絕對是開先例。

　　我揀選了一個素雅的粉色馬克杯，搭配這頂級茶包，打算送給妳專屬於女孩的浪漫香氛感。我轉開蒸氣，笛聲號起，如同祝賀般熱鬧呼喊著。熱水沖入杯中，旋即飄出一陣花香，很多人都誤以為這是莓果茶，其實不然，這是「櫻花」的香氣，複方添加櫻桃和蘋果的果粒。櫻花花瓣已飄浮在茶面上，茶色則慢慢地由透明暈染成淡粉紅色，再慢慢轉換為深桃紅色。香氣瀰漫了整間店，但我有那麼一點畏懼，深怕其他客人也想點這杯特調，同仁們也循著香氣靠近我的手掌，用一種藐視我的眼神，為這款飲品取名為「偏心」。我用滿臉的笑容還擊，再用極具穿透力的嚴厲眼神指示大家：看什麼看！快回自己的工作崗位去做事！

　　今天，妳就好好享用我的心意吧！我絕對會將餐點做得無懈可擊且完美無缺，而讓妳永生難忘。

「嗨～～這杯是特製的花果茶，只有壽星才有喔！喝喝看吧！」

「哇！是花果茶。這是什麼味道？怎麼這麼香？」

「我從日本帶回來的『櫻花果粒茶』，很好喝的，搭配餐點一起飲用，慶祝生日也是剛好而已。」

「謝謝你！這下真有過生日的感覺了呢！你們真的好貼心喔！」

目前店內加妳，只剩兩組客人，好在手邊的工作暫時告一段落，我偷了個閒，拉出椅子坐在妳對面，和妳聊起天來。我們都去過日本旅行，說著去日本旅行的種種趣事，原來妳這麼喜歡旅遊，而妳去日本都是自助，妳愛拍照，可惜，妳沒有一臺足夠專業的單眼相機。我提到自己的興趣是攝影，妳便露出一臉的崇拜，這時，我覺得妳特別可愛。

今天，妳生日，我慢慢走近妳，稍稍知曉了一點妳的內心，才發現妳是個特別感性的女孩。妳充滿對家庭的責任感，但又不想喪失冒險犯難的精神，總是笑臉迎人地接受生命的變化轉換，妳是我店裡很特別的一位客人，雖然神秘難測但又平易近人，從妳打招呼的方式便能對妳的性情略知一二。

正所謂深情愛戀，不一定要有身分，有時可以只是時段，就像今日的妳我，佐著餐飲，真心聊天，沒有防備地暢所欲言，之間的默契不必刻意營造，我們單純地享受這分分秒秒，既是祝賀妳生日快樂，

也是療癒我整日辛勞。不管妳昨天是否悲傷惆悵，看妳現在開心而滿足地享用著我為妳準備的一切，就足夠浪漫美好。而這便是歲月靜好。

「嘿！妳慢慢吃喔！我們再聊，我先去工作了……」
「好！你忙～～你忙～～」
我的微笑裡充滿了成就感，因為我的美食征服了妳的舌尖。
「對了！祝妳生日快樂！」我突然轉頭對妳說，剛好看見妳咬著麵包且因咀嚼美食而無法回話的模樣，妳十分害羞、不好意思，只能頻頻點頭道謝。

日常，就是這樣。
而我們的日常，是陌生而出其不意，也是熟悉而平凡的存在。

Happy birthday to you！

國家圖書館出版品預行編目(CIP)資料

妳好，你好嗎？/ 笠陽著. -- 初版. -- 臺北市：力得文化, 2018.06　面；　公分. -- （好心情；5）

ISBN 978-986-93664-9-6（平裝）

855　　　　　　　　　　　107006095

好心情 005

妳好，你好嗎？

初　　版	2018年6月
定　　價	新台幣320元

作　　者	笠陽
出　　版	力得文化
發 行 人	周瑞德
電　　話	886-2-2351-2007
傳　　真	886-2-2351-0887
地　　址	100 台北市中正區福州街1號10樓之2
E - m a i l	best.books.service@gmail.com
官　　網	www.bestbookstw.com
執行總監	齊心瑀
行銷經理	楊景輝
企劃編輯	王韻涵
封面構成	楊麗卿
內頁構成	華漢電腦排版有限公司
印　　製	大亞彩色印刷製版股份有限公司

港澳地區總經銷	泛華發行代理有限公司
地　　址	香港新界將軍澳工業邨駿昌街7號2樓
電　　話	852-2798-2323
傳　　真	852-2796-5471

Leader Culture

Lead the Way! Be Your Own Leader!

Leader Culture

Lead the Way! Be Your Own Leader!